海軍艦長：代寫情書的悲歌

海軍艦長：代寫情書的悲歌

海軍艦長：代寫情書的悲歌

蔡金宣　著

博客思出版社

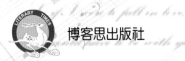

民國一〇一年五月十七日 青年日報記者許博淳／專題報導

民國四十三年五月十七日，海軍雅龍軍艦上尉艦長梁天价臨危授命，率領全艦官兵成功突破共軍砲火與海上圍堵，深入鯁門島敵營，以一敵十救出美軍情報人員。

當時總統蔣中正認為海軍雅龍軍艦創造傳奇式空前勝利，振奮軍民士氣無可限量。特頒象徵最高榮譽的「青天白日勳章」獎勵艦長梁天价。

本書作者蔡金宣，以小說方式於本書「十二頁第十章」描述甚詳，藉以為海軍官兵按個「讚！」

圖文引用「民國一〇一年五月十七日 青年日報」

目次

楔子

「蔡公！我是妙空，我師父病情不輕，想請您來寺裡一趟，他有事要和您面談。」

我接到妙空的電話，正好是星期五的下午，翌日為周休兩天，因此，我想利用兩天的假日，與妙空所稱的師父悟明大師談一談。

我和悟明大師相識、相交、相知，確實是個緣分。二十多年前，在南部主持一家報社的同學介紹悟明大師北上找我，並懇切的拜託我盡力協助悟明大師建寺工作。

當時，悟明大師選擇一塊建寺土地，位於台北市的陽明山後山泉源路山坡上，經過多時的申請，久無下文。

經了解，陽明山後山泉源路，其中有一段，蒼松成林，遠眺台北市區火車站的方向，一覽無遺，景緻絕佳，身置其間，超凡脫俗。因而，士林官邸特將此區列為總統散步地段，並於此建有古色古香中國傳統式涼亭，藉供蔣中正先生經常於黃昏到此散步小憩之用，以致此區域沒有經過當時的陽明山管理局特准，是無法施工進行建築。

我因服務新聞界主持編務，與當時陽明山管理局潘局長有些淵源，經當面誠懇說明，由權責單位派員實地勘查後，悟明大師籌建的「淨心寺」始順利核准進行。

淨心寺完成後，我時常前往與悟明大師暢談佛學，由於言談投緣，有時對時事社會的一些看法，互相有所同感。經過二十多年的交往，雙方已達到無話不談的「深交」。

悟明大師知道我經常創作，特別留了一間書房供我寫作之用。該房間一面落地窗，正面對目前台北市新光大樓方向，在滿天星光的夜晚，一片燈海閃耀眼前，其美景可以入畫。尤其有月圓之夜，銀色月光撒滿大地，山中夜風輕拂，松樹隨風搖舞，置身其境，既無城市喧鬧之聲，空氣涼爽更令人感到寧靜。所以，我也就「恭敬不如從命」地經常到陽明山「淨山寺」作客小住一兩天。

◇◇◇◇◇◇◇◇◇◇◇◇◇◇◇◇◇◇◇◇◇◇

我應約到達陽明山淨心寺，眼見消瘦不少的悟明大師，關心問候他的病況，始得悉他得了胃癌。

「我這次病來得不輕，不過，我心中有個從未吐露的秘密，要毫無保留的說給您聽。」悟明大師誠懇地望著我說：「希望您能將它寫出來，也好使世人以我的遭遇為般鑑！」

悟明大師繼續地提出他約我見面所託的重點，在我的感覺中，似乎是人生終站的遺言。

「只要我能做到的，絕對不負您所託。」

「我年輕時，為了表現自己的才華，逞一時之快，代人寫情書，後來，不但毀了一位少女一生幸福及生命，也導致我自己的家破人亡，這個代寫情書的代價實在太慘重了！」悟明大師似乎又沉浸在慘痛的往事中：「所以，我請您將這個故事毫無保留的寫出來，公布於世，讓今後代寫情書的人有所警惕！」

當我聽完悟明大師悲歡曲折的親身遭遇後，始知悟明大師未出家前，俗名叫李西，出身海軍官校，曾任海軍陽字號艦長，是位傑出的海軍上校專才，在海軍服務期間，因戰功獲得不少獎狀勳章，可稱得上是位英雄人物。

下面就是俗名李西而出家後稱為悟明大師在兩天內，與我面對面詳述他代寫情書所受到悲慘痛苦的遭遇。……

作者期使這個故事真實生動，特別以「第一人稱」的自敘式予以寫出如下。……

1 李西追述代替鄭玉良上士寫情信原由

一九四七(民國三十六)年春，我完成海軍官校學業後，即派往南京海軍總部桂總司令辦公室擔任侍從官，後來，又調到峨嵋軍艦接任艦務官。

峨嵋軍艦，當時在海軍艦艇中，是最大的一艘供應修理艦。民國三十五年，該艦隨護送美國贈予我國八艘軍艦返國，後來，美國又將該艦一併贈予我國，於同年十一月六日在青島舉行交接典禮，由海軍總司令桂永清代表政府接收，命名為「峨嵋」軍艦。

峨嵋軍艦有官兵三百多人，設備新穎，而且通訊系統最完備，由於艦身龐大，所以日常升旗、降旗、迎賓、官兵作息等，均由號兵以軍號透過播音系統傳播，因此，為海軍唯一有號兵編制的軍艦。當時，不論官兵，能派到該艦服務，內心都有一份喜悅榮耀的感覺。

我接到調職命令，峨嵋軍艦正停泊在上海黃浦江，我即搭乘火車由南京趕往上海。

上海，不但是中國第一大都市，也是第一大商港。上海港，溯黃浦江而上，距長江約四十公里處，可容三萬噸的船隻出入，而且扼水陸咽喉，並以長江為骨幹，深達腹地數百萬方公里。抗戰勝利後，上海形勢日漸重要，而形成一個近代的十里洋場。所以，當時的峨嵋軍艦，如無特別任務，經常停泊上海和青島兩地。

我向峨嵋軍艦梁艦長報到後，經過一周的不眠不休的努力，不但熟悉了峨嵋軍艦整個環境，也了解一切運作的情況，更明瞭艦務官係副艦長所轄的重要部門。

峨嵋軍艦設備有兩隻大型吊竿，可以吊放物資，同時尚有四個貨艙可供直接裝運貨物，另在艦艄附近有油管直通油槽，以供運送油料及輸送油料至其他船隻使用。而且也有修理艦艇的完備裝置。所以，峨嵋艦主要任務，除了運送油、水外，也擔任海上緊急搶修艦艇責任。

當我逐漸熟悉執行艦務官的職務時，峨嵋艦準備啟航運油料到青島。

青島，對我來說，並不陌生，因為我接受訓練的海軍官校就設於此地。

一八八二年，德國派遣專家到山東考察，認為膠州灣值得奪取。如是，山東膠州灣內的青島就成了德國的目標，同時陸續派出傳教士、商人進入青島，故意製造事件，作為取得侵占的藉口。

一八九七年一月十四日清晨，德國藉被中國人民殺死兩名傳教士事件為由，派德國海軍陸戰隊七百名官兵強行登陸青島，當時由於清軍總兵章高元所率領的部隊無法抵抗，前後僅一個月，就被德軍侵占，後經多次談判，青島就變成德國的殖民地。

一九一四年，德國全力放在歐洲戰場，對青島無法護衛，日本就趁此時機，於同年八月二十三日向德國宣戰，並發出通牒要德國立即退出青島，接著青島就成了日本的殖民地。

一九二二年二月四日，中日雙方談判，中國為了收回青島，付出極高的代價。但是，到了一九三八年一月，日本再度侵占青島。一直到一九四五年抗日勝利，經美國的支持下，青島又由中國收回接管。

在這段歷史過程中，青島被外國勢力統治下，度過了六十三年的殖民歲月。

青島三面環海，一直是天然的海軍基地，從德國占領期間，至日本侵略時期，也是海軍基地。到了中國從外國強權手裡收回，青島還是中國海軍重要的港口。

青島不但是山東半島上的珍珠，更是聞名世界的避暑勝地，天然形勢雄偉壯闊，又是軍、商兩用的海洋優良港口，加上德國建築普見於青島土地上，形成市區特殊的景觀。北岸又盛產曬鹽，然後集中青島輸出，所以稱為「青鹽」。

我調到峨嵋軍艦服務不足兩個月，首次航程就是青島，內心自然湧起「舊地重遊」的興奮。

當峨嵋艦航進膠州灣海域，我在駕駛台內，嶗山即逐漸在眼前由小而擴大，嶙峋紫翠，煙霞悠幻，動人景色，令人難忘，這或許就是吸引不畏海浪洶猛而投身海上服務者的動力。

2 艦慶晚會鄭玉良上士「一舞成名」

張副艦長將艦慶晚會任務交付我負責籌劃進行，並限定晚會以兩小時為原則，節目內容由我自行安排。

艦慶，就是峨嵋艦由我國海軍接收使用之日期，也就是成軍之日。

我接到籌辦艦慶晚會任務後，首先在全艦官兵中遴選有表演才能者。晚會中最重要的是樂隊，經過了解，號兵隊的上士班長鄭玉良甚有音樂演奏才華，它不但可以演奏多種樂器，而且還會唱也能舞，所以我特別約他相商。

「鄭班長！聽說您對音樂很內行？」我端詳了一下鄭玉良的外貌，給人印象是活潑中帶些流氣。我接著說：「艦慶要舉辦慶祝晚會，以便官兵同樂，不知您能不能組織一個伴奏樂隊？」

「李艦務官！我們有幾個人經常在一起演奏消遣，晚會中如果需要，我們可以組成一個小型樂隊。」

「明天下午我們要召開一次晚會籌備會，請您把有關人員約齊參加，大家進一步研究安排一下。」

翌日，經大家商議後，伴奏樂隊就由鄭班長組合，並由他擔任指揮。節目分為歌唱、說相聲、舞蹈等。報幕司儀則由我負責。

經過多次演練，慶祝晚會的各項表演節目，大致安排妥當。

艦慶晚會前一天，我動員將艦上最大的一間餐廳，佈置成晚會場地。

艦慶晚會當天，晚餐之後，除了艦上值勤人員外，所有官兵都參加艦慶晚會。首先，由梁艦長致詞，接著表演節目按照排定程序進行，鄭玉良班長除了獨唱了一首流行的國語歌曲外，晚會最後壓軸戲，就是鄭班長表演的夏威夷草裙舞。

鄭玉良化裝成熱帶夏威夷女郎，下身穿著夏威夷少女的草裙，在舞台上忽明忽暗的燈光照射下，他隨著音樂舞動搖擺，將熱帶的夏威夷少女風情表現得異常突出，博得觀賞的官兵瘋狂叫好。

鄭玉良上士因艦慶晚會上的「男扮女裝一舞而成名」，因此，在艦上成了大家注目的「風頭人物」。

3 李西首次代鄭玉良上士寫信給女友張娜

「報告！」

「請進。」

傍晚，鄭玉良推門走進我的寢室。

「鄭班長！」我問：「有事嗎？」

「朋友寫了一封英文信給我。」鄭玉良回答：「想請李艦務官幫忙翻譯一下。」

我接下鄭玉良手中的英文信、細閱之後，這封信並不長，但使用的詞句甚為用心，換言之，既賣弄英文能力，又有測試接信人的英文程度。

「信中所寫的大意……」我對鄭班長說：「她慶幸能和您相識，期盼這種友誼，在純潔誠實的滋潤下，能萌芽、茁壯。」

「因為我不會英文。」鄭玉良說：「我想請李艦務官替我寫回信給她。」

「為了回信寫得不離題。您最好把相識經過告訴我。」

「她叫張娜，是位大學外文系的二年級學生。」鄭玉良接著說：「在上海舞廳，張娜被同學推上舞台，唱了首英文歌，贏得台下熱烈掌聲。當時，為了湊熱鬧，艦上的同伴也強行推我上台，唱了一首流行國語歌曲、同樣也博得台下一陣掌聲，因而引起了張娜和她同桌的同學注意。我正想鼓起勇氣前往張娜座前邀舞時，卻有一位少年快我一步到達張娜面前邀舞，但被拒絕，這位少年卻毫無禮貌強行要拉張娜進舞池起舞，兩人正在拉扯之間，我正好藉機前往擋開強行邀舞的少年，並順勢牽著張娜進舞池起舞，一曲完畢，送張娜歸座，並雙方自我介紹。」鄭玉良說：「因為張娜長得非常漂亮，又是大學生，所以我只好謊稱是峨嵋軍艦的海軍軍官。後來，我們就不斷約會共遊。而且談得很投機。」

聽完鄭玉良和張娜認識的經過，我答應替鄭班長寫回信，叫他翌日來取。

鄭班長離開後，我再次詳閱張娜寫給鄭玉良的英文信，可能受到鄭班長所說的「她長得非常漂亮，又是大學生」影響，腦海中忽然浮現出一位姿色動人的少女身影，忘掉是替鄭班長向女友寫回信，而是在寫自己女友的回信，因此使盡智慧和知識，以英文寫成替鄭班長給張娜的回信。

回信的大意是——

妳的來信，是我一生中最重要、最珍貴的禮物，我會永遠收藏在心中寶庫裡。

世間如果有緣的說法，我倆相識就是緣分，誠如俗話所說；這是上天的安排。

我現在時刻期盼的；當我駕駛的軍艦進入黃埔外灘時，第一個出現在我望遠鏡中的，就是妳動人的倩影。

一周後，鄭班長又來找我，並將張娜的回信給我看，同時又拜託我替他再寫回信。

張娜這次的回信卻改用中文，詞句運用，甚為用心，其大意是──

您的回信，如同一首詩，使我百看不厭，而且，您的英文程度，並不比我系上的教授遜色，所以我慶幸獲得一位欽佩的老師，如同您所說的，這可能是上天的安排。

熱切盼望您的軍艦早日來臨，以便我倆聆聽您喜歡的「藍色多瑙河」音調，踏著舞步，促使我倆友情往前進展。

我替鄭班長寫給張娜的回信，也以中文完成，其中的大意是──

我也有如妳同樣的期盼，願我的軍艦儘早回到上海，見到等待我的小娜。

說句心裡話，我倆相識雖不久，但卻有漫長的感覺，因為從前在海上夜航值更時，看到海水中反映的月光，永遠是一個發光的明珠，現在卻不同，這個明珠中卻有妳的身影。

有人說；日有所思、夜有所夢。妳的身影在月亮裡顯現，也可能是對妳思念深切的緣故吧⋯

自此，張娜給鄭班長的信，均交由我代寫回信。我們軍艦在青島停泊期間，我替鄭班長寫給張娜的信，其中的用詞，已由普通男女友情，逐漸進入愛情境界。所以，有時替鄭班長寫信時，彷佛是自己在談戀愛而向愛人寫情書。

峨嵋軍艦在青島期間，曾奉令運補前往煙台一趟。回到青島停泊後，我在替鄭班長寫回信給張娜時，信中曾描述—

煙台面對渤海海峽，由於天然形成，成為一個優良海港。而且，是膠東半島上著名的避暑勝地。

煙台出產的亞梨蘋果最為出名，此種蘋果外表青色並不突出，可是吃在口中，卻有吃香蕉味道，所以大家稱它為香蕉蘋果。

回上海時，一定帶些給我懷念的小娜品嚐，因為，好的東西，絕對要給愛人分享！

4 鄭玉良與人爭酒女鬧事

每逢星期日，是艦上官兵休假離艦遊覽快樂的時候。由於峨嵋軍艦官兵眾多，除留艦值班外，約有二百官兵離艦下地，為防範官兵違反軍紀，軍艦組成糾察隊，由官兵輪流擔任分別到市區各遊樂場所巡視。

這個星期日，正輪到我擔任糾察隊長，帶隊到青島市區巡察。

我最欣賞青島海畔棧橋一帶景色，因為棧橋直延伸海處長達約五百公尺，海面起大浪時，海浪飛濺高達丈餘，其氣勢壯觀而又使人生畏。

橋頭有古色古香中國式八角亭迴潤閣，夜間燈火閃耀，如一串夜明珠，搖曳其間，與對面小青島隔海相望，形成風景最佳之處。

我正在棧橋一帶海邊觀賞景色時，糾察隊員匆促前來向我報告：「鄭玉良班長在酒樓鬧事，被海軍青島軍區司令部人員帶走！」

「鄭上士為什麼鬧事？」

糾察隊員繼續報告：「鄭班長因為喝了酒，控制不了情緒，在『迎賓樓』與客人爭奪一位姑娘，先發生爭吵而後動手互毆，結果迎賓樓的人向海軍司令部報告，鄭班長就被司令部的人帶走。」

我立刻與糾察隊員乘吉甫車趕到迎賓樓，以便先行了解實際情況。

迎賓樓，從名稱上顯示，像酒樓或餐廳，實際是家「掛羊頭賣狗肉」的妓女戶，一面可以吃喝、一面又可召女人陪酒玩樂的場所。

這家迎賓樓，當時在青島市娛樂圈中，小有名氣，因為其中有不少姿色出眾的姑娘，而且有幾名所謂紅牌姑娘，不但每人有獨立內室及招待客人的外室，而且每人尚有專人伺候的男女僕人。

此種紅牌姑娘，有兩種方式接客；一是在外室，也就是所謂客廳，擺上酒菜或茶點，姑娘則陪在旁嬉戲，或者隨琴師的琴聲唱小曲、京戲等，以娛樂客人。另一種，則是談好價錢，「單刀直入」進入內室，也就是臥室，由姑娘獨自接待，進而享受「一夜春風」。

我和糾察隊員到達迎賓樓，一位市儈型的老闆早在大門前笑臉相迎。

糾察隊員向老闆介紹：「這是我們的李隊長。」

我禮貌性的和老闆握手後問：「貴姓？」

老闆回答：「敝姓王，請李隊長多指教！」

「不敢當。」我以外交口吻表示：「本艦的鄭班長對貴樓的舉動，不論是何原因，我先代表本艦向王老闆致歉！不過，能不能把實際情形告訴我，以便公平處理。」

從王老闆所說的鄭班長鬧事經過是：有客人正在和紅牌姑娘小玉在房間飲酒作樂，由於鄭班長是小玉的熟客，而且鄭班長又非常喜歡小玉，所以目睹小玉和其他客人有說有笑的親熱舉動，所以引起鄭班長的怒火，不問青紅皂白衝進小玉房內猛揍房間的客人，迎賓樓的人在勸都勸不停手之下，只好向海軍司令部報告。

最後，王老闆不懷好意地說：「或許是小玉才貌出眾，使得鄭班長非常愛慕，因而醋意就特別大。」

「王老闆！謝謝您。」我打斷王老闆地話：「我會調查清楚。」

我立即率隊乘吉甫車趕到青島海軍司令部，值日官正巧是我海校同班同學，當我表明來意，這位同學二話不說，就指令將鄭班長由我帶回峨嵋艦自行處理。

鄭玉良上士在吉甫車上對我說：「到迎賓樓玩了幾次，認識小玉後，也找她喝了幾次酒。今天放假又到小玉的房間喝酒，想不到迎賓樓的王老闆陪了一位客人到小玉室內，除了介紹小玉外，卻硬要我讓出小玉房間，以便小玉伺候那位客人。因為我受不了王老闆只認錢的作風，所以與王老闆帶來的客人理論，結果雙方就動起手來。」

我聽完鄭班長的訴述後，以告誡口氣說：「軍人在公共場所與民眾毆打，不論有理無理，都是不對的。而且這種風月場所，並不是軍人收入能負擔得起的。同時您在上海已結交了一位大學生女友，更不應該再涉足不正當的場所。」

鄭班長除了認錯外，並保證今後恪遵軍紀和艦規。

回艦後，我寫報告時，自然想到鄭玉良上士在艦慶晚會中，出了不少力。而且自從代他向上海女友張娜寫的情書，無形中也浮雜出一絲私人的難理的情感。所以，我的報告，僅以「酒後失態」為重點，然後對鄭上士議處結論為「禁足一週」。

「李艦務官！」鄭上士踏進我的寢室說：「謝謝您的從輕懲處。」

「以後做任何事，絕對不能衝動。」我意義深長的規勸：「既然認識了張娜，就應該專心誠意的交往。」

「我決定尊重艦務官的指示。」鄭玉良上士說：「張娜又來信了，又要麻煩您替我寫回信。」

我從鄭班長手中接下張娜的信，看完之後，深感張娜在信中表達了一位少女思念男友的情意。張娜文筆流暢，字跡端秀，信中的大意是──

分別的日子中，時刻都在懷念，因此殷切盼望您的軍艦早日將您送到我的面前，使我倆攜手重遊黃浦江畔。

日前學校月考，英文獲九十九分，如果您這位愛我的老師在身旁，我一定會得到一百滿分，由此可見，我是多麼需要您！依賴您！

我看完張娜給鄭玉良上士的信後，在替鄭班長寫回信給張娜時，腦海裡突然顯出一位婀娜多姿的少女含笑向我招手，好像是自己的相戀佳人，頃時情緒起伏難以平靜，下筆時完全是為自己在寫情書，所以這封給張娜的回信，包含了我的真情愛意，其大意如下──

讀完來信，深感抱歉！讓妳考試未能得到滿分，這是我的失職，將來見面不論如何懲罰，我都甘心接受。但是，親吻妳嘴唇的權利，無論如何我都不會放棄，這種真情的要求，我想妳一定會接受吧！

請為我們向峨嵋軍艦歡呼！因為近日它將把我送到妳的懷裡。

5 李西代鄭玉良迎接張娜參觀軍艦

峨嵋軍艦奉令送油料往秦皇島大連、旅順等海軍基地後，就直航上海。進入黃浦江時，接獲海軍總部通知，等候進江南造船廠的船塢整修，所以這次未停靠海軍碼頭，而是繫浮筒停泊在黃浦江中心。

黃浦江中心，設有不少浮筒，專供大型船艦繫泊。這種浮筒，下端垂鎖鐵錨，使水面浮筒固定不會飄流移動，船艦以鐵錨鍊鎖繫在浮筒上的大鐵環，進而使艦身穩定停泊在江心。

大型船艦繫浮筒停泊江心，是一項高難度的技術，因此多數船艦均儘量避免。峨嵋艦粱艦長，是當時海軍裡出色的停靠技術專才，尤其是駕駛艦艇登陸技術，更是一流，所以後來，晉升到海軍總司令。

峨嵋軍艦停泊黃浦江之後，我的艦務工作非常忙碌，一面放下小艇，安排官兵放假作為交通之用。另方面策劃進船塢整修工作。

晚餐之後，我正在寢室詳細審閱峨嵋艦整修藍圖時，鄭玉良上士叩門進來。

「報告李艦務官！」鄭班長說：「又有一件麻煩事，要請您幫忙。」

「什麼事？」

「昨天放假曾和張娜見面。」鄭班長無奈地說：「張娜和三位同學，星期天一定要來參觀我們的艦。」

「您就安排。」我奇怪的問：「要我幫什麼忙？」

「因為我和張娜當時認識。」鄭玉良上士不好意思的說：「我是冒充軍官。」

「您是要我出面代為接待張娜？」

「如果您不幫忙，我的謊言就會被拆穿！」鄭班長厚著臉皮說：「而且我的情書，全是您代我寫的，對她也有一些了解。」

說實在的，我替鄭玉良寫了不少情書給張娜，也細讀了她不少來信，雖然沒有見過她本人，但對她的文筆，也漸有好感，內心自然產生想和她相見的慾念。因此，我與鄭班長商量，張娜和三位女同學前來參觀峨嵋軍艦時，就推說鄭玉良因臨時公務奉命離艦，特別託我代為接待。

星期日，也就是鄭玉良和張娜等約定到艦參觀的日期，我特別駕駛小艇到上海外灘海軍碼頭等候張娜等人。

張娜偕三位女同學準時於上午十時到達碼頭，我以直覺的感觸向四人當中的一位高挑身材、一頭烏亮披肩長髮、一雙靈活發亮大眼睛的少女問：「妳可能是張娜小姐吧？」

「我就是張娜。」張娜含著懷疑眼光望著我問：「您怎麼知道？」

「憑感覺猜的。」我含笑說：「妳在四人當中，就像是位領隊的呀！」

「鄭玉良呢？」張娜用眼掃了一下問。

「我是玉良的同事，他今天臨時奉令出差，來不及通知妳，所以要我來代他迎接妳們。」我自我介紹：「我叫李西，在艦上的職稱是艦務官。」

張娜分別介紹了同來的三位同學後，我即引導她們四人登上小艇坐好後，我就發動機器駕著小艇，向停泊黃浦江心中的峨嵋軍艦行駛。

小艇在黃浦江行駛了近半小時，張娜等四人歡悅看著黃浦江兩岸的風景，似乎很少乘小艇在水面遊覽。

當小艇接近峨嵋軍艦時，我提醒她們坐穩。小艇靠妥登艦梯口後，因峨嵋艦身龐大，登艦鐵梯約有三層樓高，所以我小心引導張娜等四人依秩貼身漫步踏著梯階登上軍艦，在梯口向值班軍官辦妥有關手續，就帶領張娜等參觀活動。

「李艦務官！」張娜問：「您登上艦在梯口時，為何向艦尾敬禮？」

「因為國旗是掛在艦尾。」我解釋：「所以上梯口的官兵，按照海軍禮儀，應先向艦尾敬禮，然後再向梯口值班官敬禮。離開軍艦時，則先向梯口值班官敬禮，然後再向艦尾國旗敬禮。」

在張娜等參觀峨嵋艦首的三吋主砲時，我除了解說主砲操作情況外，並藉機向她們再次介紹海軍在軍艦上的禮節：每天早晨在艦艇上，第一次遇見長官，必須敬禮問早，第二次碰見就可免除。敬禮的規定，凡是在自然的天底下，一律用舉手禮，在人為的鐵板或天棚下，則行脫帽禮。用餐時，必須等候艦長或高級長官入座開始用膳，始能開動。吃完後，應等候艦長或高級長官離座後，其餘的人始能離桌。

「在海軍的小艇上，也就是我們剛才坐的小艇。」張娜反應很敏捷的問：「是不是也有規定？」

「有。」我答說：「坐小艇時，階級最低的官兵先登艇坐好後，階級最高者始登艇才開船。離艇時，階級最高者先行下艇後，其他的才能依秩序離開。」

然後，我又帶領張娜等參觀寬闊洗衣間，裡面除了洗衣、烘衣等機器外，還有蒸氣燙衣設備。

「這間洗衣間，確實是現代化。」張娜稱讚的說：「恐怕民間洗衣店，沒有一家能比得上。」

「不但民間洗衣店無法相比，目前海軍所有艦艇也無此新穎的洗衣設備。」我微笑說：「否則三百名的官兵衣服如何清洗、如何保持乾淨！」

「如果不參觀這些洗衣設備，真猜不出外出的海軍衣著，每個人都潔淨畢挺。」張娜調皮的含笑看我一眼說：「那麼瀟灑！」

接近中午時，用午餐的哨音透過擴音系統在全艦響起，我就引領張娜等四人進入餐廳。

峨嵋軍艦餐廳分別有四處：艦長、副艦長與各隊主管一廳，一般官員、士官長、士兵等各一廳。

張娜等來艦參觀時是星期天，艦長和副艦長均離艦外出，因此，這天用餐的軍官都是各隊主管，與我是平輩，所以行動沒有受官階高低的尷尬。

大家入座後，我向各隊主管互相介紹後，大家用膳完畢，在喝飯後的咖啡時，就展開聊天。

「李艦務官是我們艦上的才子。」航海官是我官校同學，他以為張娜是我的女友，大力捧場說：「他經常還有文章在報章雜誌上刊出。」

「您不要班門弄斧。」我笑說：「張娜小姐才是多才多藝的作家。」

「航海官！俗話說，真人不露相。」張娜含有反擊的意味說：「真正的才子，可能是您吧！」

張娜的話，引起在座主管笑聲不斷，從笑聲中，透露出大家對張娜亮麗外型頗有好感。

「報告各位長官！」張娜突然站起來，笑著向在座各主管行舉手禮說：「我們四位小兵，可以先離坐嗎？」

「可以。」航海官含笑說：「要李艦務官領隊。」

「遵旨。」我也含笑領著張娜等離開餐廳，下梯口，乘小艇離開峨嵋軍艦。

在小艇行駛黃浦江中時，調皮的張娜到艇尾要試駕小艇，我就把駕駛小艇舵桿交她掌握，為了安全，我將手搭在她掌舵桿上的手，隨時左右調整行駛的舵。

張娜可能全心貫注在駕駛小艇，沒有感覺其他，而我卻感覺有一種少女體溫似電流般無形向我體內湧入，尤其當我將小艇航速加大，艇身在水面行駛加快，掀起風力亦隨之增加，使得張娜一頭烏黑長髮不斷向我臉面飄拂，而且從髮中透露出少女特有的芬香，使人嗅入鼻孔有種「陶醉」之感。

小艇到達外灘海軍碼頭，我和張娜及三位女同學一一握手道別。

「這是我最難忘的參觀行程。」張娜流露真摯的眼神說：「真高興認識您，希望還有機會和您見面！」

6 張娜慶生會首支舞獻李西

峨嵋軍艦在江南造船廠安排下，展開大修工作，全艦官兵也各自在崗位上忙碌，我負責的艦務部門，整修工作更為繁重。

一個休假的星期天，鄭玉良上士放假歸艦後，送來張娜給我的一封信，其中的大意是——

下星期六，是我的生日，我的父母為我特別舉辦慶祝舞會。這天下午六時舞會開始時，我熱望第一眼就能看到您，相信您不會讓我失望！

為了答謝您曾經代替玉良招待我與同學們參觀峨嵋軍艦的辛勞，我生日舞會的第一支舞，決定獻給您！

星期天，鄭玉良陪我一同準時到達張娜的家，這是一棟花園洋房式住宅。步入客廳，已佈置得喜氣洋溢，充滿西洋人的氣氛。

張娜高興的從大門迎接我們到客廳，然後為我介紹她的父母。從互相談話中，我得知張娜的父親亦是學習航海的，曾經擔任國營招商局的船長，後來升為現在的該局總經理。母親是一所教會中學的校長。張娜則是張家的獨生女，被父母視為掌上明珠。

張娜生長在如此環境，除了生活優裕外，更受到父母的寵愛，所以養成獨行自主、活潑外向的個性，對海軍也因而有所好感。

當鄭玉良以「薩克斯風」樂器吹奏祝賀生日快樂曲調時，客廳電燈全面關熄，在來賓的「生日快樂」歌聲中，張娜穿著一身白洋裝，頭髮整齊往後梳成一個纈，充分顯出少女純潔高貴亮麗，腳步隨著歌聲，優雅推著插有燃亮蠟燭的大型生日蛋糕進入客廳。

張娜在來賓祝福鼓掌下，許下心願吹熄蛋糕插著的蠟燭後，接著用刀切開蛋糕分享來賓，同時服務人員推出豐盛的菜餚，以自助式供來賓選用。

接著展開生日舞會，鄭玉良首先用「薩克斯風」樂器吹奏「藍色多瑙河」歌曲。

「李艦務官！」張娜走到我面前說：「請伴我跳這支舞好嗎？」

「張娜小姐！」我禮貌回答：「妳生日的第一支舞，應該保留給鄭玉良。」

「我不是已經在信中說明，這支舞決定獻給您，以答謝您替玉良招待我和同學參觀軍艦的辛勞。」

在台上演奏的鄭玉良，這時也以手勢要我陪張娜下池共舞。因此，我也不再客套，大方陪同張娜步入舞池，兩人隨著舞步的要求，互相依靠而手握手跟著音樂起舞。

「妳很喜歡跳舞？」我在張娜耳邊輕聲地問。

「你怎麼知道？」

「妳的舞步純熟輕盈。」我微笑說：「如果不是經常練習，不會有此成績。」

「您的舞技，也不遜色呀！」

「海軍是屬於國際軍種，所以在受訓期間，有專門教授跳舞的課程。」我以玩笑的口吻說：「以妳的舞技，可做我們海軍舞蹈老師。」

「如果您說的是真心話。」張娜亦以玩笑口吻回答：「我願意收您這個學生。」

「希望從今晚開始上課學習。」我摟著張娜誘人的身體，聞著少女身體散出的特有體香，一時間，就好似抱著自己心儀女友般，所以脫口說出希望能和她多跳幾次舞。

「就從今夜開始。」張娜以頑皮口吻回答：「如果不聽指導，老師可要處罰！」

聽完張娜的玩笑話，我的感情大海好似突被衝擊，一時波濤洶湧，突然右手加大壓力，把張娜身體向我懷中摟緊。可是她並未拒絕，反而溫順趁勢「投懷送抱」靠緊我的懷裡，臉也依勢貼近我的臉，我倆正在陶醉其中時，演奏的歌曲卻終止，我倆始清醒恢復正常回座。

這夜，我和張娜前後跳了三支舞，雙方的情誼，一次比一次濃厚，在最後一支舞時，張娜在耳旁突然含著懷疑的口吻問：「您和鄭玉良同是海軍官校訓練出來的，現在同是海軍正式軍官，為何兩人舉止談吐，有天地之別？」

我當然不能拆穿鄭玉良假冒海軍軍官的欺騙手段，只好搪塞的回答：「可能是每個人的個性不同吧！」

舞會結束，我與鄭玉良向張娜的父母辭別後，張娜就送我和鄭玉良到大門。

「張小姐！這是我最難忘的舞會。」我學著張娜參觀峨嵋軍艦離別時所說的語句，同時也頑皮的一語雙關說：「老師！不要忘了我這個學生喲！」

張娜意會的笑聲不斷，我們就在笑聲中分別。

7 海軍長江最大突圍行動

我正在督導官兵加速整修工作時，播音器突然播出「李艦務官，立刻到艦長室報到。」

我步入艦長室，梁艦長對我說：「桂總司令今天要到本艦處理緊急軍務，因為您曾當任過他的侍從官，他到艦後，您就暫時侍候他。」

桂總司令一行到達峨嵋軍艦，立即要梁艦長引導進入通訊室，除了留下梁艦長、通訊官和我外，其餘官員均命令在室外等候。

桂總司令要我和通訊官用無線電話，以密碼呼叫接通在南京的長江艦隊司令林遵。

「林司令，我是桂總司令。」桂總司令在無線電話中對林遵司令說：「國家對您不薄，千萬不要做傻事，我在上海等您率領所有艦艇歸來！」

「桂總司令，人各有志，非常抱歉！您不必等我。」

桂總司令正想繼續「曉以大義」說服林遵，希望他打消投共的舉動。可是，林遵卻將無線電話切斷，無法再接通，事態非常嚴重。

因為，桂總司令接獲情報，指出林遵管轄的長江艦隊所有三十多艘大小艦艇，將要「起義投向中共」。

在林遵拒絕與桂總司令繼續通話後，桂總司令又要我以無線電話與停在南京江面的永嘉艦長陳慶堃聯絡。

「陳艦長，我是桂總司令。」桂總司令接過聯絡上的無線電話說：「我知道您是忠黨愛國的，希望您勇敢率艦歸來。」

「桂總司令，請您放心，雖然在南京江面的艦艇被扣，但我決心突圍到上海。」

「陳艦長，我接到情報，江陰要塞已叛變，您突圍時，要千萬小心！」桂總司令鼓勵性地說：「我在上海等您的好消息。」

不久，無線電話就有信號顯示，接通之後，是永嘉艦的陳慶堃艦長撥來的。

「報告桂總司令，我是陳慶堃。」陳艦長在無線電話中報告：「我艦已經啟動突圍。」

「有沒有其他艦艇跟著突圍來上海？」桂總司令在無線電話中焦急的問。

「有。」陳艦長回答：「約有十多艘。」

「通過江陰要塞時，千萬要注意要塞的炮火！」桂總司令異常耽心要塞的大砲威脅，因為江陰要塞司令官已被中共收買。

「桂總司令，請放心，我會小心應付。」陳慶堃艦長並說：「我也會掩護小艦艇通過江陰要塞的江面，安全到達上海。」

這是海軍最大一次突圍行動，而且也是最危險的一次航行，因為，江陰江面很狹窄，陸地要塞設置的大砲火力又強大，艦艇如果強行通過此江面，可說是「千死一生」。所以，桂總司令在峨嵋軍艦通訊室，等候陳慶堃艦長突圍情況，仍然是坐立難安。

傍晚時候，我悄悄囑咐廚房準備一盤蛋炒飯、一碗青菜豆腐湯、一碟醬油拌辣椒，送到通訊室。

「總司令，請用晚餐。」我因為和桂總司令都是江西人，又在他身邊當任過一年多的侍從官，所以知道他平常喜歡的食物。

「您還沒有忘記我的口味！」桂總司令瞧了一下桌上的食物，臉上首次顯現笑容說。

「如果忘記。」我也以玩笑口吻回答：「就不配為江西老錶。」

桂總司令聽完後，臉上仍有笑意，同時開始用餐，梁艦長、我和通訊官等也在旁陪著用膳。

在我們四人用餐快結束時，無線電話傳來報告，隨著陳慶堃艦長突圍的永興艦，由潛伏艦上的共黨槍炮官、通訊官、軍需官等三人，欲阻止該艦突圍到上海，所以挾持艦長陸維源，因而與艦上不願投共的官兵發生槍戰。

結果，陸維源艦長忠貞不從，堅持突圍到上海而被殺害，遺體並被拋入水中。引起忠貞的官兵憤怒，經過合力激烈槍戰，終將三名潛伏的共黨擊斃，恢復了突圍行動。

翌日，由陳慶堃艦長駕駛的永嘉軍艦，首先到達上海停靠海軍碼頭，接著參加突圍大小艦艇，亦陸續駛抵上海。

陳慶堃艦長將永嘉艦停妥後，立刻趕到峨嵋軍艦，由峨嵋艦的梁艦長陪同進入艦長室，向桂總司令報告突圍事件詳細過程。

永嘉艦長陳慶堃報告：民國三十八(一九四九)年四月二十三日，第二艦隊(也就是江防艦隊)司令林遵，因受中共收買，預謀所謂的起義投靠中共，將該艦隊所有停泊在南京江面的十七艘軍艦、十六艘砲艇，全部扣留，等候中共解放南京。

二十三日上午，林遵以艦隊司令身分，在南京江南的軍艦上召開軍事會議，命令所有艦艇的艦長到該艦參加。

永嘉艦長陳慶堃也是被召往參加會議者，但是他早就得到情報，林遵司令有叛變投共預謀，所以陳慶堃艦長在離艦赴會前，密囑副艦長和槍炮官兩人，等他離艦後，立刻下令全艦進入備戰狀態。同時，只要聽到會議艦上響起槍聲，就不要管他的生死，立刻起錨啟航向上海突圍。

陳慶堃艦長到達林遵司令主持的會議室，各艦艇長均已到齊。林遵司令向與會的各艦艇長表示，中共希望大家留下來為祖國服務，將來中共解放南京後，大家不但可以高升，而且每人有一筆不小的獎金。然後拿出一張準備好的起義書，要大家在上面簽名。

當時，陳慶堃艦長立即起身表示，拒絕簽起義書，他將率領永嘉艦前往上海。同時準備離開會議的軍艦返回自己的艦。

但林遵司令指示隨身衛士拔出手槍對準陳慶堃艦長，阻止他離開。

陳慶堃艦長大聲向林遵司令說：「請您看一看永嘉艦，它所有炮位及火力，已經全部瞄準這艘會議的軍艦，我離艦時，已下令只要會議艦上有槍聲，立刻集中火力向我們這艘艦攻擊，直到沉沒為止。」

林遵司令和隨員均由窗口向外瞧，證明永嘉艦確已備戰將主炮及火力全部指向會議軍艦，我並沒有騙他們。

我就在他們張惶失措情況下，迅速離開該艦返回永嘉艦，立刻啟航突圍向上海行駛，並且升起信號旗，同時以燈號信號通知南京江面大小艦艇，呼籲他們一同和永嘉艦突圍上海。

結果，在突圍戰鬥中，除了損失了兩艘艦艇外，計有七艘軍艦平安抵達上海。

後來，陳慶堃艦長因此勇敢忠貞行為，經海軍桂總司令面呈蔣總統，而獲得海軍第一位榮獲蔣總統親頒「青天白日」勳章。同時，永興艦長為海軍犧牲，桂總司令特別呈報國防部，將永興軍艦改為維源軍艦。民國三十九年總統蔣中正在桂總司令陪同下，特別指定乘該艦巡視左營港。而且當時的總政戰部的蔣經國主任，亦指定乘該艦駛至金門外海，遵照他的恩師吳稚暉遺囑，將吳稚暉的骨灰灑在海中。

8 李西暗助鄭玉良離艦與張娜成婚

長江突圍事件結束後，峨嵋軍艦正在江南造船廠進行更換主機，由於工作繁重複雜，費時頗長。

有一天，梁艦長突然召集副艦長、輪機長和我等到艦長室緊急會議。梁艦長透露：海軍總部傳來密電，指稱中共正暗中收買江南造船廠人員，企圖拖延在船塢內整修的峨嵋艦，以及亦在另一處船塢內檢修的太康軍艦(該艦後來成為總統蔣中正宣布下野後的專屬座艦)，以便中共進攻上海時而完整俘擄該兩軍艦。因此，命令我們儘快完成整修工作從速離開船塢，以策安全。

梁艦長指示，除了動員全艦官兵不分晝夜加速進行整修工作，同時加強全艦戒備，以防破壞。

此時，上海社會非常混亂不安，主要是總統蔣中正派他兒子蔣經國到上海擔任經濟督導員，期望挽救上海已近崩潰的經濟。當時軍人在上海餐廳吃一碗牛肉麵，要付四張面額五十萬元鈔票的價款。一般民眾付鈔票還拒收，必須付港幣或銀元。

在這樣壞的經濟環境中，卻全寄望蔣經國一人身上，可是，擬訂經濟改革方案則是大名鼎鼎的財政部長王雲五，他的經濟改革計劃，全盤依賴美援，結果美援沒有了，經濟改革也等如口號，因而導致全國經濟崩潰，使得在上海大力挽救經濟的蔣經國，也無法督導而告失敗離開了！

蔣經國在上海救經濟失敗離開後，上海就像一艘孤舟，陷於狂風暴雨之中，隨時有沉淪可能！

峨嵋軍艦在官兵努力下，整修工作也已完成，不但內部機器換成全新，艦身外表亦油漆一新，同時亦離開江南造船的船塢停靠在黃浦江外灘的海軍碼頭，等候命令接受任務。

一天傍晚，梁艦長將副艦長、槍炮官和我等人召進艦長室，說明剛接到海軍總部密電，有一批重要物品要本艦運送到台灣，要我們立刻作準備，並且絕對不能洩漏此次的任務。

梁艦長和我們研議後，就作成決定：官兵自明天起，一律嚴禁離艦下地。槍炮官規劃全艦二十四小時戰備警戒。同時要求我們的艦務部門，灌滿使用的油和淡水，並空出兩層艦艙，以備裝運到台灣的重要物品。

當我們遵照梁艦長命令將所有工作完成時，海軍桂總司令陪同總統府、行政院、國防部等高層官員來到峨嵋軍艦，聽取梁艦長的有關報告，並巡視了峨嵋艦的有關準備工作。

翌日，峨嵋艦停靠碼頭周圍街道的交通，調來大批上海市的警察人員實施交通管制，一切無關的車輛全部改道嚴禁行駛通往海軍碼頭街道。第二道而貼近峨嵋艦身警戒區域，則全由海軍全副武裝的陸戰隊擔任。峨嵋艦內則由自己的官兵負責。

這天，恰巧輪到我為值日官，既要督導準備吊竿吊放重要物品，又要聯絡內外有關事務，所以異常忙碌。而且，艦內外的這種嚴密緊戒防衛，充分顯示這批運送物品的重要性。

我正在全神貫注的指揮官兵，將運達艦邊而不知道什麼東西的一箱一箱重要物品，用艦上的吊竿小心往艦艙吊放時，海軍桂總司令突然陪同蔣經國、中央銀行總裁俞鴻鈞等到達，由梁艦長引導察看重要物品吊放地點及情況。同時有位隨員悄聲問我：「軍艦在海中航行時，會不會有海水濺進艙內？」

「不會。」我趁機探問：「箱內的東西怕潮濕？」

「箱內有部分是最有歷史價值的骨董和字畫，不但怕潮濕，而且也怕搖擺碰撞。」

「我們官兵已妥善固定，不會碰撞。」我又試探問：「另一批箱內物品不怕潮濕？」

「不怕。」這位隨員脫口回答：「另一批箱內，全部是金條和銀元。」

我從這位隨員口中無意間套出運送台灣箱內東西後，內心深感這批物品對未來國家的重要性，難怪這些政府高官如此慎重小心處理。日後，運到台灣的這批黃金，不但使社會安定，也替台灣完成了不少重要建設。

蔣經國、俞鴻鈞等人察看了運送物品裝置妥當後，隨員並謹慎將放物品艦艙鎖好貼上封條，留下看管物品人員，始離開峨嵋軍艦。

梁艦長隨即下令準備啟航，並通令全艦進入備戰狀態。此時，鄭玉良班長匆促到值日官室找我，同時將一張紙條交給我，紙條卻是張娜寫的，她在紙條寫著——

鄭玉良，急事，速下來，我在碼頭旁等候。

由於全艦實施官兵禁止離艦，因此鄭玉良要求我替他去與張娜會面，看一看有何急事？

因為張娜在我心中，一直留有良好印象，所以我毫沒有考慮答應替他下艦見張娜。

「玉良為何沒有下來？」張娜在碼頭見到我，似乎有些奇怪的問。

「他正在忙，走不開，怕妳久等，所以要我先下來陪陪妳。」我當然不能說明軍令嚴禁官兵下艦的情況，我只好轉換話題，以試探口氣問：「妳來找玉良，一定有急事，如果能說，我樂意協助！」

「前幾天為了和玉良結婚的事，我爸爸不同意。」張娜露出得意表情繼續說：「昨晚在我的堅持下，我爸爸終於點頭，要玉良今晚到我家相商。」

「不能過一些時再談嗎？」

「不能！」張娜堅定口吻答覆。

「為什麼？」我摸不著頭腦的問。

「因為……」張娜停了停，然後含羞說：「我懷孕了！」

我聽後，心頭一愣，望著亮麗的張娜，真有些後悔替鄭玉良上士用心寫出不少情書給張娜，同時也有「鮮花插在牛糞上」的感覺。

「李艦務官！」張娜看我未答腔，奇怪的問：「您在想什麼？」

「沒有想什麼。」我只好轉話題說：「妳再等一下，我去叫玉良快點下來。」

我回到艦上，鄭玉良還在值日官室等我。

「張娜要您今晚到她家，和她爸爸商量結婚的事。」我進入值日官室將張娜的話轉告鄭班長。

「艦立刻啟航離開上海，而且又嚴禁官兵離艦下地，我怎麼能夠離艦到張娜家？」鄭班長大膽提出：「只有『開小差』的方法。」

我想起張娜在碼頭上，無奈說出「懷孕」的表情，更回憶起張娜在生日舞會中，將第一支舞獻給我的真誠，而且我更知道，大陸目前的局勢，峨嵋軍艦此次去台灣，是否還有回到上海的機會，實在渺茫，所以，為了張娜，我決定協助鄭玉良。

「艦快要開航了。」我向鄭玉良說：「趕快去準備離開。」

不久，鄭玉良提著手提包，在我的暗中安排下，順利離開了峨嵋軍艦。

峨嵋軍艦離開上海外灘海軍碼頭，在黃浦江中緩慢向海外航行，當艦身通過黃浦江口，航行在大海中時，突然接到海軍桂總司令親自在無線電話中告訴梁艦長：重慶艦已投共，正航向東北方向，要峨嵋軍艦小心，並加速往台灣航行。

重慶艦，是英國贈送我國最大的巡洋艦，不但航速快、主炮口徑又大，是當時海軍中最大噸位作戰軍艦，任何艦艇如果被它碰到，只有投降認輸，否則就會被擊沉。所以桂總司令非常耽心重慶艦會在海上找尋峨嵋艦，如果找到，峨嵋艦上運送的黃金及貴重物品，亦將不保。

梁艦長接到上項訊息後，除將全艦通電系統全部暫時關閉，以免重慶艦探知峨嵋艦航行的經緯度艦位外，並將艦位儘量偏向台灣航向加速進行。

兩天後，峨嵋軍艦安全抵達台灣高雄左營軍港，運達的一批重要物品，亦分別由有關單位順利安全運走。後來，梁艦長亦一步一步升到海軍總司令職位。

9 鄭玉良投共參戰被俘受傷往生

抗戰勝利時，中華民國依據租借法案，獲得美國海軍大小艦艇二百餘艘，以及日本戰敗投降留在長江艦艇多艘，後來盟軍在日本投降的軍艦分配給參加作戰各國，我國抽籤又分得十餘艘，英國亦贈送我國四艘。

我國因此重建海軍，編成二個艦隊、一個江防艦隊。當時遠洋作戰雖談不上，但在亞洲各國海軍裡，可說是首屈一指的。

所以，抗戰勝利到民國三十七(一九四八)年，國民黨的海軍與中共作戰，是一支常勝軍，因為當時中共沒有控制港口、也沒有海軍。國共戰鬥時，中共儘可能避開港口或江邊，以免受到國民黨海軍的炮火攻擊。

民國三十八(一九四九)年，共軍渡過長江，攻進上海，獲得上海江南造船廠內多艘小型炮艦和拖船，後來把拖船裝上艦炮作為軍艦。而且，中共佔領長江後，也擄獲國民黨多艘江防艦艇，以及多艘投降的艦艇。

中共雖然也有了海軍，但沒有海洋戰艦，所以國民黨的海軍在海洋上作戰，依然佔絕對的優勢。

峨嵋軍艦從上海運送重要物品到高雄左營後，我也奉命調往太和軍艦槍炮官，負責全艦炮火槍彈的管制及有關官兵的操練，當時情報顯示，中共間諜透過各種管道向海軍艦艇滲透，欲藉機策動國民黨的艦艇官兵叛變，所以每艘艦艇的槍炮官職位非常重要。

太和艦是一艘優良傳統的主力護航驅逐艦，火力強大，是海軍當時的主力艦，所以服務該艦的官兵，都被其他艦艇官兵投以欽羨的眼光。該艦是美國根據租借法案移交我國，艦上官兵在美國接受短期訓練後，自行駕駛回國。都是一流海軍專門人才。

我向太和軍艦報到後，該艦屬於海軍第一艦隊的旗艦，由艦隊司令王恩華率領，主要任務是執行封鎖珠江口的責任，以珠江口外的萬山群島為基地，太和旗艦與補給艦，則駐泊於南山衛。

南山衛係荒涼小島，無港口、無市肆，但有居民，因距離香港很近，故南山衛的居民多以經商為生，每家出售的物品全來自香港，所以一般用品不但不缺，而且品質都不錯，只要付得起代價，高級先進物品，商人也可設法從香港運到，因此，當時海軍第一艦隊官兵駐防在萬山群島，縱然是荒山瘠嶺，但物資享受並不比在台灣的差。

當時海軍第一艦隊駐防南山群島艦隻，共有九艘；太和旗艦與一艘補給艦停泊在南山衛、五艘分布在三峽、興口、伶丁洋間、另兩艘則在海豐與海晏隻海域間巡弋。

盛夏的南海，常有濃霧，這天，南山群島壟罩在濃霧中，白茫茫一片，百碼以外不辨五指，中共卻利用這種視線不清的天氣，以三艘艦隻前來偷襲國民黨的軍艦。

中共偷襲的三艘艦隻，一艘係人員運補艦，裝載了近五百人，其中多數為國民黨離開大陸而離散的海軍人員。另兩艘砲艦，亦係國民黨離開大陸正在造船廠檢修而被中共所擄獲的。

中共這三艘艦隻，趁濃霧偷航到萬山群島，由於其中一艘砲艦，係日本所建造，當時建造一模一樣同型的有兩艘，抗戰勝利時全被國民黨接收，一艘給海軍、一艘撥交廣州海關作為緝私艦，但中共進入廣州擄獲此艦交海軍使用。

中共海軍這次用該砲艦偷襲萬山群島，因在濃霧視線不清中，在海上巡弋的國民黨軍艦，誤認為是自己海軍的艦艇，未能詳查予以放行，使得中共偷襲的三艘艦隻，有驚無險通過國民黨海軍的第一道防線。

當中共偷襲艦隻接近太和旗艦約五十碼距離時，太和艦立刻發出信號詢問，中共偷襲艦無法答覆下而加速向太和旗艦尾部接近。太和艦即行開火，同時通知錨泊在附近的補給艦，然後兩艦大小砲織成火網，猛攻偷襲的中共艦隻。此時，中共的人員補給艦進行搶灘登入，由於對地理環境生疏，以致搶灘偏右，觸礁擱淺，駐防在陸地的國民黨海軍陸戰隊立刻包圍而發生激戰。

兩艘中共艦隻，以霧為幃幕，隱在暗處，力戰不退，從凌晨五時戰到下午三時，結果，太和艦將中共偷襲艦隻擊沉一艘，另一艘也負傷逃脫。

這次海戰，是國共內戰以來，第一次軍艦對軍艦在海上激戰。國民黨的海軍艦隻官兵僅一人殉職、艦隊司令王恩華受重傷、官兵七人輕重傷。

中共海軍偷襲的三艘艦隻；一隻被擊沉、一隻擱淺被俘、一隻受傷逃脫。人員方面；戰亡者約一百多人、輕重傷約一百人、被俘近二百人。

海戰結束後，太和旗艦各部門主管，代表艦隊司令部，組成戰場清理小組，我也是小組負責人之一，清理重點是：將俘虜中共人員編組並記錄各人有關資料，尤其對過去國民黨的海軍成為中共海軍的經過。安排受傷人員的醫療，從速安葬死亡者。

當我正在依次查視並記錄重傷者時，一位躺在行軍床上胸受重傷的中共海軍向我不停招手，我奇怪的走過去，仔細一瞧，卻是從前我在峨嵋軍艦服務時，代替寫情書的鄭玉良上士。

「你是鄭玉良？」我想進一步確定的問：「曾在峨嵋軍艦服務？」

「沒有錯！」這位重傷的人回答：「李艦務官！我是鄭玉良。」

「您離開峨嵋軍艦後，沒有去找張娜？」我追問：「沒有和她結婚？」

「有。」鄭玉良痛苦的說：「我對不起張娜和她的父母！」

我正想繼續問鄭玉良何事對不起張娜和她父母？軍醫卻走來輪到檢查鄭玉良的傷勢，我只好停止與鄭玉良談話，繼續進行對其他受傷中共人員查視和紀錄工作。

翌日，我再到鄭玉良醫傷的地方，期盼能與他深入談一談張娜和她父母情形，以及鄭玉良如何對不起張娜和她家人的事情。可是，到達之後，卻不見鄭玉良，後來詢問軍醫，始知道鄭玉良昨晚因胸部受傷頗重而流血難止，加上當時南山衛的醫療設備甚為簡陋，所以無法搶救，鄭玉良也就往生了！

我回到太和艦，站在艦舷旁，遙望四際無邊的海洋，想到鄭玉良受傷去世，到亮麗動人的張娜目前處境如何？深感世事的變化，實在令人難以捉摸！

10 梁天价艦長救美軍情報人員脫險

基於戰略價值的考慮，加上台灣與萬山群島距離不近，在補給支援上，卻有鞭長莫及的困難，所以，國民黨決定放棄萬山群島，太和艦也奉命返航高雄左營整修。

此時，我又接到調職命令，新職是雅龍軍艦副艦長。該艦係日本海軍為因應二次世界大戰需求所建造的驅潛艇。完工下水後，日本戰敗投降而大戰結束，所以該艦未參加任何戰役，所有設備依然保持全新。

日本投降所有艦艇，由戰勝的四國以抽籤方式均分，該艦則係我國抽籤獲得日本軍艦一批中的一艘，後來為防務需要，加裝艦砲，命名為雅龍軍艦。我報到接任雅龍軍艦副艦長後，不久就航行前往大陳島駐防。

大陳因地近溫州，和鯁門、松門兩港形成三角形，離鯁門尤近，其中小島星羅棋佈，國民黨為了確守大陳島，將舟山群島撤退的人員與物資，大部份都放在大陳島。

當時，國民黨為了防護大陳島，海軍艦艇來往頻繁，船隻甚多，形成濃厚的戰爭氣氛。中共為了掌握國民黨海軍艦艇詳細動態，曾動用一連敢死隊，於深夜從懸崖爬上大陳島海外航道上唯一孤島擊鼓山。中共佔據該島後，二十四小時由專人詳記往來大小艦隻，然後研判重要資料。而且又調來由上海江南造船廠參照義大利設計製造的魚雷快艇，俟機向國民黨海軍艦艇偷襲。

國民黨駐防大陳有關人員及海軍艦艇，事前尚未獲得中共海軍已調達魚雷快艇的情報。所以，民國四十三(一九五四)年十一月十四日，太平軍艦依然在大陳附近巡邏執行封鎖長江口任務，突然間，中共海軍的八艘魚雷快艇和一艘巡防驅逐艦，從四十多隻偽裝捕魚的大陸漁船中，快速向太平艦攻擊，魚雷快艇並四面八方對準太平軍艦射出魚雷，太平艦在措手不及的攻擊情況下，被二枚魚雷擊中要害，艦身立即傾斜，十七小時之後，終因進水過多，沉沒在大陳島外海。太平艦副艦長宋季晃、以及官兵二十七人，均在此次海戰中隨太平艦殉職。

當太平軍艦被中共海軍魚雷快艇擊沉後，立即掀起台灣青年學生發起獻艦運動，更引起從軍報國的熱潮。

自從太平艦被擊沉後，海軍深入檢討認為；對付中共魚雷快艇，不宜派大型戰艦，因為大型艦身較大，在海上活動不夠靈活，可是中共的魚雷快艇，體積較小，轉動快速，當然大對小就會吃虧，因此派往大陳島駐防艦艇，決定以小而快的「江字級」艦艇前往。

我新服務的雅龍艦，也是屬於「江字級」，這類艦艇，不但火力強，而且艦身小行動靈活，所以當時被稱為對付中共魚雷快艇的「剋星」。

一天下午，大陳島上的指揮部通知，要雅龍艦長梁天价和我立刻前往報到。

當我們進入大陳指揮部時，我服務峨嵋艦時的艦長、現為海軍總司令的梁序昭將軍，熱烈和我們握手，然後引見內室的蔣經國。

蔣經國起身親切和我們握手後說：「有一項特別任務，要交給您們去執行！」

「這項任務對國家影響非常大。」蔣經國坐後嚴肅簡明說：「希望您們勇敢小心完成，我等您們勝利歸來！」

蔣經國與我和梁天价艦長握手送出內室後，我們又隨梁總司令進入戰情室，聽取蔣經國要我們執行任務的細節詳情。

梁序昭總司令向我們說：「美國第七艦隊所派出的情報小組，因為深入大陸調查情報，已被困在鯁門島山區，無法脫險，美國駐台灣的顧問團長蔡斯將軍，面求蔣中正總統派員設法前往救出這個被困的美國情報小組。」

梁總司令繼續說：「這個美軍情報小組，一共五人，由美軍海軍上校領導，另外一名少校、兩名尉官、一名士官。他們現在都被困在鯁門島山區，共軍正在急切搜捕，情況非常危險！」

梁總司令分析：「鯁門島接近大陸，該島又是中共海軍對付大陳作戰的基地，港內目前有大小艦艇三十多隻駐防在港內及周圍，如欲突擊進港救人，非常不容易，也很危險。」

梁總司令關切的說：「我已協調以小艇偽裝成漁民補魚的漁船，並派了五十名海軍陸戰隊暗藏在該船上，隨您們軍艦一同前往執行救援任務，不過，您們一切要小心！」

我和梁天价艦長返回雅龍艦後，立刻召集輪機長、航海官、槍炮官、通訊官等集合研商，結果一致認為，這次救援任務，凶多吉少，而且我國為了應付美國的要求及五條人命，就算救不出來，我國也代為犧牲了一艘軍艦與幾十位官兵的生命，美國屆時也無話可說，我國亦對得起美國所託。

雅龍艦這次救援任務既然危險，我和梁艦長兩人相商後，對於凡是已婚生子的官兵，儘可能下艦留在大陳島基地，我和梁艦長也留下「不成功、便成仁」的遺書。

一切安排妥當後，雅龍艦立刻向鯁門港出發，全艦進入戰備狀態。這天真是天助雅龍艦，因為海中四周突然升起濃霧，視線甚差，以望遠鏡探視，也無法看清稍微遠距離情況。

在濃霧中，雅龍艦已駛達鯁門港口外海，鯁門在進港口時，中共海軍港口警戒信號台，立刻以燈號詢問。由於雅龍艦是日本所建造，正好中共海軍也有同樣一艘日本艦，更巧的雅龍艦有位通訊士官，知道一些中共海軍燈號連絡方式，所以就以燈號回答「是中共海軍的艦艇」。

雅龍艦通訊士官雖然用燈號朦混平安進入鯁門港口，可是跟隨雅龍艦後面偽裝的漁船，卻沒有辦法回答中共海軍港口警戒台的燈號暗語，因而通知港內中共海軍艦艇注意，並用擴音器命令偽裝漁船停航檢查。

梁天价艦長眼看情況危急，立刻下令開砲向停泊鯁門港內中共海軍艦艇射擊。等砲彈發射後，隨即將雅龍艦調頭繼續向港內不同方向的中共海軍艦艇射擊，造成停在港內中共海軍艦艇，一時摸不清國民黨海軍艦艇有多少進入港內，在濃霧中砲聲四面八方響起，因而造成中共海軍艦艇自己砲擊自己的局面，導致多艘中共海軍艦艇受損。

在激烈砲戰中，隱藏在偽裝漁船中的國民黨五十名海軍陸戰隊，迅速登岸，一面以無線電話密語呼叫連絡，一面快速向美軍情報小組人員地點挺進。

當海軍陸戰隊五十名官兵護衛美軍五名人員抵達港灣岸邊時，追蹤的中共軍隊已大批形成包圍圈接近，陸戰隊的指揮官快速引導五名美軍登上偽裝漁船，立即命令開船將美軍五名人員從速送到雅龍軍艦。然後陸戰隊指揮官回到陸戰隊員陣容中，指揮全隊集中火力，阻擋中共軍隊，以便偽裝漁船和五名美軍人員安全脫離。

鯁門港內的霧愈結愈濃，視線越來越低，這真是天助雅龍艦。當雅龍艦在激烈砲戰中，順利接到被困脫險的五名美軍情報小組人員後，立即衝出港口向大陳島加速航行，但是阻擋五十名陸戰隊官兵卻全部犧牲，偽裝的漁船，在突圍中亦被擊沉。

雅龍艦安抵大陳島後，立刻送美軍情報小組五名人員前往大陳指揮部，蔣經國歡悅出來迎接美軍人員，並與梁天价艦長和我親切握手，並向我兩人表示：「將來回台灣，如果有事，可以隨時去找他。」

美軍情報小組負責人的海軍上校，一再向蔣經國讚佩梁天价艦長的勇敢，在如此險惡的環境中，能順利完成不可能完成的任務。

後來該美軍海軍上校寫了一份備忘錄，分別呈報蔣中正總統和美軍駐台灣的顧問團長蔡斯，除了要求重賞獎勵梁天价艦長與雅龍艦官兵外，並建議美國應贈送一艘大型登陸艦給台灣，以彌補救援美軍情報小組人員而被擊沉的偽裝漁船，同時指薦梁天价艦長率領雅龍艦全艦官兵前往美國接艦，藉以獎勵。

大陳島國共雙方海軍之戰，由於大陳島接近大陸，而距離台灣卻甚遠，加上國民黨空軍，受到半徑問題，到大陳島上空飛行不易，可是中共空軍，一起飛就到達大陳島上空。因此，大陳島海面只要有兩艘以上國民黨的軍艦出現，中共空軍馬上出動攻擊，當國民黨駐防部隊全力注意空防時，中共海上魚雷快艇又快速出現進攻，使得國民黨海軍艦艇完全陷於被動，導致國民黨守軍手忙腳亂，防不勝防。

結果，大陳島之戰，國民黨海軍一〇一巡防艦、二〇二運補艦、太平戰艦，全被中共飛機或魚雷快艇擊中而沉沒或重傷。

國民黨獲得情報：中共計畫先攻取浙東沿海島嶼，然後全力進攻大陳島。

蔣中正總統為了堅守大陳島，指派六十七軍長劉廉一擔任大陳防衛司令，並將精銳的四十六師調到大陳島，當時大陳地區防衛軍力；共有一個師、一個團、六個突擊大隊，加上海軍艦艇在大陳島周圍海域不停巡弋。

可是，四十四年(一九五五)一月十八日，中共先出動飛機猛炸一江山，然後以人海戰術展開血戰，當國民黨的守軍全部犧牲後，中共就如願佔領了一江山。

此時，蔣中正總統下手令給四十六師長胡炘、要他死守大陳，以保存反攻大陸基地。據說：胡炘師長立即寫好了給太太的訣別遺書，以抱持死守大陳的決心。

很巧，這天，美國卻提出撤守大陳的建議。國防部長俞大維隨即向蔣中正總統報告，並直率分析「以目前情勢，大陳守不住」。蔣總統立刻召集有關人員研議後，為了保存戰力，終於同意撤出大陳島。

蔣中正總統為何對大陳由「堅守」而突然轉變「撤退」？有人推測：四十六師是我國陸軍在台灣第一個改制美式裝備的正規師，配有美軍顧問多人，如果大陳激戰發生，美軍不可能袖手旁觀，若能因而得到美軍海空軍支援，導引到美國與中共直接交戰，國民黨軍隊就可趁勢反攻大陸的機會，所以堅持死守大陳。

但是，一江山被中共攻佔後，美軍顧問全部就撤離大陳島，可能明瞭了蔣中正總統堅守大陳的企圖，因而提出了撤守大陳的意見。

國防部長俞大維遵照蔣中正總統「撤退大陳」的決定，迅速擬定一項「金剛計劃」，親自帶到大陳與防衛司令部執行。

執行「金剛計劃」，台灣和美國動用了各式艦艇三百多艘，大至航空母艦、重巡洋艦，小至登陸艇。美國海軍艦艇在上、下大陳島之間的海面一字排開，空軍掩護的戰機不停警戒，港口灘頭運輸艦及登陸艇來回穿梭，不斷裝載、接駁、上艦。夜晚，海上軍艦全部開放照明設備，使大陳港內亮得似白晝，以便撤退工作繼續迅速進行。

我在雅龍軍艦駕駛室內，目睹這種難得一見的景象，心中有兩種感想；一為美國處理國際事件的手段明快及義氣。另方面卻是個奇想，假使我們以一艘小艇，改成偽裝中共海軍艦艇，向美軍艦艇以自殺方式突然攻擊，造成美軍重大傷亡，以美國最重視自己國人生命的慣例，可能會導致美國與中共動武，我們就可藉此坐收漁利而反攻大陸！

蔣經國為了順利完成「金剛計劃」，親自偕同國防部長俞大維、海軍總司令梁序昭、總統府參軍長孫立人等人，挨戶勸說大陸民眾隨政府移往台灣，開始，民眾尚有疑懼，因為要拋棄世代建立的家園，前往一個完全陌生的地方，去落地生根，不是一種簡單的事。

經蔣經國不斷保證，到台灣後，政府絕對妥善照顧，因為居民對蔣經國很信任，結果全島民眾都同意隨政府到台灣，後來連臥病在床老人，都自願被抬上往台灣的軍艦。

接著，蔣經國協調美國海軍爆破專家，並督導炸毀大陳島所有軍用設施，並將全島飲用水井全部填塞。

大陳島撤退的「金剛計劃」工作，自四十四(一九五五)年二月八日至十二日之間，總共平安順利撤出大陳民眾一萬七千多人，以及駐軍、反共救國軍、游擊隊等一萬多人。

大陳島三萬多軍民及裝備輜重的大撤退，如果沒有美國海軍第七艦隊全力支援護衛，絕對達不到如此完美境界。

蔣經國率領有關人員，巡視撤退完成後空無一人的大陳島之後，他是最後一個離開的人！

11 劍門艦執行「海嘯一號」任務失敗被擊沉

大陳島放棄後，梁天价艦長和我，奉令將雅龍艦駛回高雄左營海軍基地，整補休息後，又不斷出海執行巡弋任務。

可能是被雅龍艦救回的美國海軍情報小組上校送出備忘錄發生效果，蔣中正總統認為梁天价艦長以單獨的雅龍艦，深入中共海軍三十多艘艦艇的鯁門港而完成任務，這種冒險犯難、忠勇為國的精神，可以作為國軍表率，因此決定頒發「青天白日勳章」，以示獎勵。

美國亦同意贈送一艘戰車登陸艦給我海軍，並指定由雅龍艦官兵為基本接艦人員，因此，雅龍艦的官兵奉命到左營集中接受整訓。

整訓官兵，除雅龍艦之外，另由其他艦艇選調十多名，合計五十名。大家認真複練各自專長技術中，卻傳來有兩艘海軍艦艇被中共海軍魚雷快艇擊沉的消息。

自美國接收回國的快速掃雷艦劍門軍艦，由王韞山中校艦長駕駛回國不到八個月，當時國軍因要測驗反攻大陸的戰力潛能，特別指派有最新穎通訊設備而火力強大的該艦執行「海嘯一號」任務。

隨劍門艦負責指揮這次任務的第二巡防艦隊司令胡嘉恒少將，雖然知道這項任務危險，卻依然沒有私念而堅持挑選他的內弟李準少將艦長率領的章江艦為僚艦隨行。

民國五十四(一九六五)年八月六日，劍門軍艦帶領章江艦執行「海嘯一號」任務，並裝載一批陸軍情報隊員作特種滲透任務，不幸軍情洩漏，中共已預先布下袋狀陷阱，當劍門軍艦與章江艦發動進攻福建詔安灣時，中共的驅逐艦、砲艦、魚雷快艇等十多艘，突然從四面八方快速衝來包圍猛攻。

結果，劍門和章江兩艦，在措手不及之下，被中共艦艇發射的魚雷擊中，沉沒於東山島三十八海浬處。在劍門艦指揮的司令胡嘉恒少將，因彈藥爆炸而當場陣亡，另有二十二名軍官、士官兵一百七十五名為國捐驅。劍門艦長王韞山中校重傷落水與其他三十二名落海的官兵，均被中共海軍撈起俘虜、同時有水兵四人和突擊隊員七人，亦被漁船救起。

這次戰役，是國共海軍交戰以來，國民黨海軍最慘重的損失，而陣亡的胡嘉恒少將，又是第一位海軍最高階指揮官，後來海軍為悼念這次海戰，就稱所謂的「八六海戰」，作為海軍官兵的警惕！

因為陣亡的胡嘉恒少將，畢業於海軍雷電學校三期，曾擔任梁艦長和我的教官，所以得知此一不幸消息，我倆唏噓不已！

榮獲「青天白日勳章」的梁天价艦長，為了加強整訓官兵悲憤中提升反共復國精神，特別向官兵講述了驚心動魄的九二海戰過程。

梁艦長指出；民國四十七（一九五八）年八月二十三日，金門爆發了舉世震驚的八二三砲戰，接著海軍冒險運補，與中共海軍魚雷快艇、砲艦等發生多次激烈砲戰，其中我海軍寫下最輝煌戰史的就是「九二海戰」。

當時海軍南巡支隊所屬的維源、柳將兩軍艦，奉令護送美堅艦上的中外記者前往金門採訪，沱江艦則執行美軍與金防部高級官員、以及重要器材專送任務。

九月二日，維源、柳江兩艦掩護美堅艦進行卸貨作業時，中共海軍魚雷快艇八艘分兩批突然高速來襲。維源、柳江兩艦立即轉向迎戰，同時靈活迴旋閃避了多枚攻擊的魚雷後，即向圍攻的中共海軍魚雷快艇反擊，雙方戰至距離相隔僅百碼，彈如雨下，在雙方激戰中，共軍五艘魚雷快艇被擊傷，我方維源艦亦中彈，但不嚴重，仍能繼續奮戰。

雅龍艦完成載運任務，準備返航歸隊之際，亦發現共軍魚雷快艇一批疾駛攻來。雅龍艦一方面掩護美堅艦迅速脫離戰場，一方面採取單艦推進迎戰。

雅龍艦孤軍衝入共軍魚雷快艇陣營中，集中艦上火力猛烈攻擊，首先擊沉共軍一艘快艇，接著又擊中一艘。此時，雅龍艦機艙先後亦中彈，而且，共軍又來了四艘大型砲艇加入戰鬥。

沱江艦陷於共軍魚雷快艇和大型砲艇包圍攻擊下，又有多處中彈受傷，但是在艦長劉溢川勇敢沉著指揮應戰下，卻將一艘大型共軍砲艇擊沉。

後來，雅龍艦身有七十多處中彈，而且機艙進水，官兵亦陣亡十二人、受傷人數二十五人，正陷於危險時，維源、柳江兩艦適時趕到支援，始使雅龍艦脫離共軍艦艇包圍圈，平安駛回海軍基地。

此次九二海戰，歷時兩個多小時，雅龍艦等創造了擊沉敵艦五艘、重傷兩艘的輝煌戰果。

總統蔣中正為獎勵海軍官兵英勇克敵，特頒贈「榮譽虎旗」給雅龍軍艦。

12 李西解救黑人所欺而相識少女郭雪

梁天价艦長和我，率領整訓的五十名官兵，從高雄港登上前來迎接的美國海軍運輸艦，途經日本而抵達美國洛杉磯，然後離開美國海軍運輸艦，改乘火車到達美國佛羅里達州的邁阿密海軍基地。

這個美國海軍基地範圍非常廣大，其中不但有設備新式的軍港，陸上並有各式各樣的吃喝玩樂設施，同時為官兵服務的郵電、銀行、商店等。可說是「一應俱全」。

美國海軍可能知道梁天价艦長是救助美國情報小組人員而獲得「青天白日勳章」的英雄人物，所以頗為重視，特別將接艦的官兵安排在一棟設備舒適房屋內，其中除了餐廳、健身房、娛樂室等外，而且分配官員每人一間臥室、士兵每兩人一間，比外間私人經營一般旅社設備還要齊全豪華。

接艦官兵被安置在美國海軍基地休息一夜後，翌日就派美軍專人引導參觀及說明各項設施，以便接艦官兵熟悉而方便日後在此環境中活動。

美國贈送我國大型戰車登陸艦，係美軍參加二次世界大戰所用的登陸艦隻，首先將封存的艦全部拆封，然後整理機器及一切設備，再敲除艦殼鐵銹而油漆一新。

接艦官兵除了依照上項接艦步驟，在美軍指導下，分組配合作業。軍官則先行接受專科及作戰訓練，其中每人必須接受嚴格的砲操、艦舶駕駛術、損害管制及救火訓練、戰車上艦及登陸技術等，課程除專人講解外，並配以電影教學，深入淺出，非常具有效果。

接艦官員完成上項訓練後，依照個人將來在艦上的職務與專長，分組負責訓練士兵有關的專長，這些專長訓練分為：槍砲、雷達、聲納、電工、無線電、帆纜、航海、船工、信號、電機、輪機、醫藥、文書、補給、廚工等。

美國贈送的這艘戰車登陸艦，我國俗稱「開口笑」，因為這種艦，在戰時搶灘登陸時，艦首的大門會左右打開，放下跳板，戰車可直接由軍艦坦克艙內駛出登陸作戰。而且軍艦的主甲板上，亦可停載車輛，經由上下收放的斜坡下至艙門登陸作戰。

我國海軍的戰車登陸大小艦艇，均以「中、美、聯、合」四字大小順序為艦名，因而使這些登陸艇的艦名，就構成「中美聯合」之含意。我們在美國邁阿密海軍基地進行接收的大型戰車登陸艦，依照我國對戰車登陸艦艇命名的慣例，則是屬於「中」字號戰車登陸艦。

我們在美國邁阿密海軍基地接艦整修工作，經官兵不眠不休努力進行，大致接近完成階段，官兵專業加強訓練亦已完成，因此，為了慰勞官兵的辛苦，梁艦長決定給接艦官兵五天休假，以便大家能有機會深入遊覽一下美國。

我和輪機長平常都喜歡觀賞電影，所以兩人決定前往美國好萊塢環球影城遊覽，藉以實地了解電影攝製情況。

環球影城佔地四百多英畝、平地二百英畝，非常廣闊。其中設置的山野、水溝、林木、荒草、瀑布、湖沼、崩石、懸岩以及猩猩等，對愛看電影的人都不生疏，因為這些都曾以不同角度、方式，在電影中不斷出現。

我倆人進入環球影城，首先參觀了明星的紀念室和化妝室，然後進入第一攝影棚，導遊人員說明電影在此拍攝時，如果需要早晨、黃昏、太陽、濃霧、雨雪等情況，全由一排電開關控制，只要按下大雪或大雨的電鈕，立刻就有大雪紛飛或雷電交加景象，十分逼真。

第一攝影棚最後一幕，是拍攝鬼怪鏡頭；一棟古老房屋，塵封網結，陰氣森森，機關重重，眼看導遊小姐從側門進去，卻忽然自棺材中爬出，並配以明暗間接閃亮燈光，以及怪聲盈耳音響，實在有些令人毛髮悚然！

我兩人接著乘坐十分美觀的「迷你花車」，作四小時的觀賞：當花車途經一處懸岩，突然崩石紛落襲來，但落石係海綿所造假石，當然不會擊傷遊客，可是，配以音響而來勢兇猛險狀氣氛，確實使人緊張。

西部槍戰影片，是美國影業界的標記，西部片中的塵土飛揚，馬車狂奔，槍戰、放火、流血、塌屋等，全部在環球影城的西部市鎮中完成，其中的街景，和「日正當中」影片的街道一模一樣。

當花車進入上述的西部城鎮時，呈現剛經過一場戰火，幾棟房屋正在熊熊烈火中，火舌四吐，煙塵飛滾。導遊小姐卻向遊客笑稱：請大家放心，這些房屋已經燒了好幾年，到如今房屋依舊毫髮無損，實在使觀光客弄不清那些大火是真是假？

遊覽車離開西部城鎮佈景區後，接著穿越一個火車平交道，正巧一輛火車頭飛奔而來，在這千均一髮之際，觀光客所乘坐的花車卻發生故障停在平交道上，既不能前進又無法後退，儘管警鈴大響，遊客有的驚嚇大叫，火車依然快速奔來，坐在遊覽車上旁邊的遊客，眼見火車即將撞到，立刻驚慌伸手去擋，就在這一剎那間，撞來的火車頭卻剎住了，並倒退回去，載客觀光車始平安度過這驚險的一幕。

遊覽車繼續從人造海邊大道行進時，海中一艘潛艇正在快速追趕敵艇，接著發出一枚魚雷，一條長長的水紋在海面劃開，就像一條大魚似的向前飛駛。導遊小姐立即大聲叫道：「坐在車邊的遊客要小心了！」接著一個巨大的爆炸聲就在遊覽車旁水域中炸開，擊起的水柱足有五十多尺高，當觀光客正在驚嚇中，那水柱卻即刻於嘩嘩響聲中而平靜退回海中。

「十誡」曾被列入電影史上十大名片之一，此影片最精采的一個鏡頭，就是摩西通過紅海，脫離追兵的一幕。

遊覽車抵達「紅海」時，導遊小姐介紹：當年摩西，後有追兵，前有大海，正在走投無路時，萬能的主卻將海水分開，拯救了摩西和他的伙伴，現在讓我們也走一走摩西走過的紅海。

於是，遊覽車載著觀光客向海中衝去，可是海水紋風未動，導遊小姐立刻向海中大聲喊道：「請開道讓我們過去！」。話聲一落，海水就兩邊自動分開，遊覽車就悠然從海水中分開現出的道路通過到對岸。

這幕紅海中開路鏡頭，在環球影城只是六百呎長、一百五十呎寬、五呎深的人造海景。但在「十誡」影片中卻顯出雄渾、壯闊和驚險場面，這些全是攝影技巧和導演匠心獨運的成果。

我和輪機長遊完環球影城重要景點後，太陽已經西斜，當走出大門時，導遊小姐笑臉大聲向遊客告別，並俏皮道：「大家離開這個大門，一切都是真的，當你們駕車到海邊時，千萬不要向大海衝過去，因為大海不會替你們分開有路讓你們過去！」

我聽完導遊小姐俏皮話後，然後對隨行的輪機長說：「以後我們看完電影，不必鼓掌或感動！」

「為什麼？」輪機長不解的問。

「都是假的！」

我和輪機長離開環球影城下山，又回到真實的生活裡，兩人肚子亦在「唱空城計」。於是，找到一家頗有名氣的中餐館，好好享受一頓晚餐。

我倆正在用餐並悠然品嚐黑牌「約翰走路」的洋酒，突然，距離我們餐桌不遠處，有兩位黑人老外向正在用餐的東方型少女動手騷擾，兩少女驚慌欲逃離這兩人的糾纏侵犯，當逃到停車場準備上車時，這兩位黑人老外卻緊追不捨，追到停車場大漢每人抱著一位少女，除了強吻外，並用手強扯少女褲子。兩少女在緊急關頭，不停用英語和華語大喊：「救命！」。

當我聽到中國話的「救命」聲音時，內心浮起「自己人被外國人欺負」的憤慨情緒上升，也可能受到酒精在體內作怪，就沒有多作考慮而猛然起身衝向餐館外停車場，跑到黑人老外拉扯少女地方，不問青紅皂白將黑人拉開並揮出一拳，這時輪機長也隨之趕到拉開另一位黑人老外互毆。

我和輪機長與兩個黑人在停車場就打成一團，四人都有酒意，互毆甚為激烈，四人都負傷，後來餐館出來不少人，經人勸阻，兩個黑人老外，瞧見不少勸架的華人，心生恐懼而怕吃眼前虧，也只好趁機上車開溜了。

我和輪機長手背均在毆鬥破皮流血，兩位少女自動要餐館人員拿來急救箱，替我和輪機長清理並敷藥包妥，然後送我和輪機長回旅社。

我和輪機長因是輕傷，並無大礙，所以回到旅社後，我們兩男兩女先至咖啡廳聊了一會。

「真對不起，為了我倆使你們受傷。」其中一位身材高挑，長髮披肩、一雙靈活烏亮大眼睛少女自我介紹：「我叫郭雪，她叫黃倩。」

「今天如果不是你們見義勇為，後果真是不堪設想。」被自稱郭雪少女指名為黃倩少女說：「我們是在一個公司工作的同事，今天是我的生日，郭雪特別請我上館子慶祝，想不到卻遇到這種不快樂的事。」

「我叫李西。」我指著輪機長介紹：「他叫蔡進立，我倆都是中華民國的海軍人員，從台灣派來美國邁阿密海軍基地接艦，因為休假，所以特別到此處環球影城遊覽。」

「你們是台灣來的！」郭雪高興的說：「我們也是從台灣來的，真是有緣！」

「我們兩家都是由台灣移民到美國經商，而且我們的父親又合資在此設廠經營電子產品，我和郭雪在台灣是高中同學，後來隨父母移民來美國，又同在一所大學求學，現在同考入一家公司服務，所以我們兩人親如姊妹，她比我早出生，所以我叫她大姊。」

「真是有緣！」我端起桌上的咖啡杯說：「蔡進立，我倆來祝黃倩小姐生日快樂！」

「你們手上的傷，要不要找醫生看一看？」郭雪用眼神特別向我飄一飄的關心問。

「這點皮肉傷，沒有關係，請不要耽心。」我也用眼神向郭雪回敬一下，然後一語雙關說：「受這點傷，是值得的，不然怎麼能有機會認識妳們這樣氣質秀麗的小姐。」

「我們雖然是初次見面，不過我要特別介紹李西。」蔡進立因為已婚有太太，所以藉機想替我拉攏的說：「他現在不但是我們的副艦長，而且曾當選海軍作戰英雄，是海軍傑出的人才，而且經常有大作在報章雜誌上刊出。」

「李副艦長！如果你願和我作個朋友，我真希望能拜讀你的大作，因為我對文學非常有興趣。」郭雪眼睛射出喜悅光芒看著我說。

「郭雪小姐，不知妳有沒有聽說我國民間有句俗話，買瓜的一定會說自己的瓜甜。」我說：「我和蔡進立同是海軍，他能說我是不甜的瓜嗎！」

「不管是甜瓜還是苦瓜？」郭雪機靈又有含意搶著回答：「以後我們吃了就明白，黃倩，妳說是嗎！」

黃倩未回腔，但笑意滿臉的點頭。

我們兩男兩女在旅社咖啡廳內，歡悅暢談甚久，不但雙方都已初步明瞭雙方背景，同時均有「他鄉遇故知」的感覺。由於時間接近深夜，為了她倆的安全，我和蔡輪機長就送郭雪、黃倩到停車場。我特別將預先寫好「殷盼再能見到妳」字句的名片，藉機暗中塞給郭雪，她也會意不動聲色接下。

我和蔡輪機長向郭雪、黃倩揮手道別後，眼送她倆駕車離去而消失在深夜黑幕中！

回到旅社，我躺在床上，想起這趟休假遊覽所發生的奇遇，接著腦海裡不停轉動的郭雪動人身影出現，突然間，又有一個動人的少女身影跳出，那就是我曾代鄭玉良上士寫情書給她的張娜，她和郭雪兩人，不論相貌、外表、身段、動作等，都有相似之處。因此，自然鄭玉良上士在大陸投共而參加萬山群島海戰中重傷往生後，我心中就產生一種無言的對張娜內疚之念。

13 郭雪帶父母探視李西示好感

在美國邁阿密接艦的官兵，休假外出五天後，大家都按時陸續回來，高興互相交換各人遊樂的見聞和心得。我也將認識郭雪、黃倩兩人經過報告梁艦長。

接艦整訓工作完成後，接著是美軍指導下由接艦官兵自行駕駛美國贈送的登陸艦出海演練。其方式是，艦上每個部門都有美國海軍專業人員在旁指導、監督，反覆操練，直到每人所負責每個項目都符合最高專業標準，訓練才算完成，過程非常嚴格，但是，接艦官兵專業操作駕艦技能卻有頗大助益。

一個星期六休假上午，我接到會客室的電話通知，有人要找我。

「郭雪！是妳！」我高興得忘形的伸出雙手，以美國式的擁抱摟著她，她也欣喜投入我的懷抱。

郭雪溫柔推開我，立即用手指著含笑在不遠處的一對夫妻介紹：「這是我的父母。」

郭雪接著說：「這就是救我和黃倩的李西副艦長。」

「郭董事長！」我上前和郭雪的父親握手後表示：「那天的事，是我們軍人應該做的，不必掛齒。」

「聽郭雪說，你們為了解困，還受了傷。」郭雪父親說：「我和內人今天冒昧前來打擾，主要是代我女兒向你們當面致謝，同時順便帶來一些蘋果，送給接艦官兵品嚐，藉以表達僑胞對祖國軍人的敬意！」

「郭董事長，恭敬不如從命。」我回答：「蘋果我就收下，我先代表接艦官兵謝謝你。」

我以電話立即向梁艦長報告：郭雪小姐的父母親已來到此地，並帶來十箱蘋果慰問接艦官兵。梁艦長交待留郭董事長等人午餐，他和蔡輪機長準時到餐廳相會。

在餐廳裡，我分別互相介紹梁艦長、蔡輪機長和郭雪與她父母相識。

「梁艦長！能認識你，真是我的光榮。」郭雪的父親說：「新聞曾經報導過，你是救出美軍情報小組人員的英雄，而且還榮獲蔣總統親頒最高的青天白日勳章。」

「那不過是機緣和幸運。」梁艦長並風趣的用手指著我說：「真正的英雄是李副艦長！」

「今天真高興！」郭雪含笑說：「我見到兩位英雄！」

「你們都結婚了嗎？」郭雪母親突然向我們探詢。

「我不但有太太，而且還有小孩。蔡輪機長也結婚了。」梁艦長指著我微笑含有深意說：「只有李副艦長還是單身，如果不嫌棄軍人生活清苦，我倒要拜託郭太太替李副艦長作個媒。」

「謝謝梁艦長的關心。」我以玩笑口吻說：「我可付不出紅包！」

「我替人作媒。」郭雪母親望著我微笑回答：「絕對不收紅包，免費服務。」

「你們何時回台灣？」郭雪父親問。

「大概還要四個月的時間，就可完成接艦的全部工作。」梁艦長不解的問：「你是不是有問題？」

「你們離開美國時，我想發動這裡的僑團，舉辦歡送會，略盡我們僑胞愛國的熱誠。」

「我們回台灣時，中美兩國有關單位，會舉行贈艦交接典禮。」梁艦長說：「不必麻煩你們僑團，到時候，我們歡迎僑胞們來參加。」

這頓午餐，大家都吃得很開心，梁艦長和蔡輪機長因有事務處理，就先行離去。我則留下在餐廳陪郭雪與她父母又聊了一會。

「李副艦長！」郭雪的母親突然問我：「你是那裡人？」

「我是江西人。」我回答。「不過來台灣已有二十多年了。」

「我是台灣高雄人，郭雪的祖父母，現在仍居住高雄。」郭雪母親透露：「郭雪不喜歡美國生活，所以時常懷念高雄。」

「我從大陸來台灣後，因為海軍基地在高雄左營，所以多般時間在左營。」我意有所指的說：「因此，我也算是高雄人！以後如果有機會，我一定去高雄探望郭雪的祖父母。」

「歡迎！」郭雪插嘴說：「我會帶路引見！」

「妳在美國。」郭雪的母親笑說：「怎麼帶路引見？」

「到時候，我會趕回台灣高雄。」郭雪搶著答。

「郭雪小姐，我先謝謝妳。」我微笑說：「我相信妳是個好嚮導！」

我和郭家母女兩人對話後，不但雙方家庭背景更進一步明瞭，雙方感覺似乎更能融洽。

送走郭家人後，我們接艦工作進入最後階段，也就是每天在美軍專人指導監督下，駕駛登陸艦出海實際操練，其中最重要技術，搶灘登陸演練。

接艦工作雖忙碌，但是，我和郭雪約會，不但未中斷，反而繼續增加中，我倆利用每個假日，雙方均迫不及待的攜手遊覽深談，雙方情誼在突飛猛進下，其情況可說已達到「秤不離鉈，鉈不離秤」的境界。

「李西，你是第一次到美國？」郭雪奇怪的問。

「是的。」我也奇怪看著她回答：「妳又有問題？」

「你不是誇讚過我。」郭雪笑著說：「是個好嚮導嗎？」

「我說過。」我依然摸不透她的用意說：「我沒有忘記，而且妳確實是個好嚮導，這段時間裡，妳不是導遊而使我欣賞了不少美國有名的博物館和風景區。」

「不知道你想不想去觀賞尼加拉瀑布。」郭雪並加強介紹：「你不是喜歡觀賞電影嗎？如果你看過瑪麗蓮夢露主演的『飛瀑怒潮』電影，其中列入世界十大奇觀的瀑布，就是尼加拉的瀑布。」

「這部電影我看過，當時電影中的瀑布洶湧澎湃景象，我以為是導演假的佈景。」我興趣甚濃的說：「既然真有此難得一見的瀑布存在，我又要請妳這個嚮導辛苦安排一下。」

郭雪詳細規劃並訂妥機票及旅社，我倆就利用休假前往一趟被列為世界十大奇觀的尼加拉瀑布。

我倆先到水牛城，找到預定的旅社放下隨身行李後，即換上輕裝便服離開旅社，就傳來「呼隆」聲響，因為，我們預定下塌旅社距離瀑布不到二十分鐘的步程。

尼加拉是一條河流，這條河就像是管道，把紐約州伊利湖的水，流到加拿大安略省的安大略湖。經過六十二公里長的行程而抵達水牛城時，卻遇到高達四十九公尺的斷崖，使得流水直垂下瀉，形成不可多見的瀑布，這就是尼加拉瀑布與其他瀑布不同的地方。

而且，斷崖又像是馬蹄形狀，所以，接近加拿大的部分，稱為馬蹄瀑，此處寬達七百五十公尺。至於靠近美國的美國瀑，寬有三百十八公尺。卡於兩瀑之間的羅那瀑，只有九十公尺寬。不過，這三個瀑的區分並不明顯，因而遠看，好像連接在一起。這三個瀑布，最高處有一百六十七公呎，每秒鐘下瀉的水量，多達一百五十萬加侖。

我和郭雪牽手乘電梯到達河邊，登上可容納百多人遊艇，每人領取一套帶帽雨衣。遊艇先向美國瀑的方向駛去，初時水面平靜，不久浪花漸高，水聲愈大，在白濛濛的一團迷霧外表，抹著一道彩虹，這景象實在太美了！

當遊艇進入迷霧的境界，瀑布激起的水花高達數百呎，迎風飛到一哩多的地方，這就是世界獨一無休的細雨地帶，遊客此時彷彿置身於沐浴中，同時才知道領取雨衣用途。

遊艇經過羅那瀑，再入馬蹄瀑。此時船進入三瀑的核心，狂瀑即從四方八面傾注而來，勢如千軍萬馬，疾以排山倒海，形成恐怖、緊張、刺激、驚駭，匯集每個遊客的身上，這種驚險的氣氛，值得終身回憶。

回到瞭望台，反首遙望一道橫空的虹橋，那是美國和加拿大交界的橋樑。橋的中心劃有白線，白線兩旁，分豎美加兩國的國旗，顯示這兩個地理毗連、文種相同的國家，一直保持著友好的關係。

沿著尼加拉河，在美國這邊設有欄杆，維護安全。附近有一個小廣場，塑有一尊印地安人酋長模樣的銅像，因為，水牛城在三百年前，原是印地安人的部落，當時有很多水牛，水牛城因此而得名。

回到旅社晚餐時，郭雪體貼為我準備了一份「國王蟹」，它是從阿拉斯加空運來的，曾被列為佳餚。此蟹腿相當長，大約有八公分，砸掉硬殼，挖出腿內細肉，既甜又嫩，味道確實與其他蟹不同。

晚餐後，郭雪親熱挽著我，要去看瀑布夜景。我倆進入瀑布區，乘坐一種幾節連在一起的敞車，暢覽四周的蒼茫景色，觀景車行到瀑布上流，我倆下車步行，沿河徜徉，穿過林蔭道，踏著滿地的燈光，一面欣賞優美的夜色，一面聆聽悅耳的蟲聲，陣陣微風拂面，顯得清爽，也格外有詩意。

我對郭雪說，夜晚的瀑布要比白天的動人，其原因是，從加拿大方面的崖洞裡，裝有直徑三十六吋的探照燈二十台，朝向美國這邊射過來，由於配有五彩燈光，因而有如二十四條彩龍，在夜空盤旋飛舞，變幻無窮。這些強烈的光柱，時而純白、時而淺紅、時而翠綠、時而橙黃，循環不息，五彩交輝，使自然的瀑布，像天生麗質的少女，經過人工的打扮，顯得格外嬌豔，也格外迷人。

在美國方面，可以沿著人工搭建的木梯而下，就可到達瀑布的腹部，欣賞臨面衝來的瀑布驚險實景。當年瑪麗蓮夢露主演的「飛瀑怒潮」影片，有很多鏡頭，就是在此處取景拍攝的。

深夜，看完瀑布夜景回到旅社，郭雪以考試的口吻問我對尼加拉瀑布的感想！

「這個瀑布確實是名不虛傳，值得前來一遊。」我分析說：「不過它面朝加拿大，背向美國，因此，要飽覽無遺，最佳到加拿大，在美國這邊看，使人有些不過癮的感覺，妳認為呢？」

「一語道破。」郭雪以讚美口氣說：「不愧是海軍航海專家，說得合理精準。」

「玩了一天，妳也累了，早點休息吧！」我伸手說：「把我房間鑰匙給我。」

「我沒有！」郭雪神秘張開雙手說。

「妳只訂一間房？」我有點摸不著頭腦的問。

「是的。」她露出深不可測的笑容解釋：「這房間有兩張床，你一張、我一張，各人睡各人的，互不相擾，而且又能彼此照護，不是很好嗎！」

「好是好。」我有些顧慮的說：「難道妳不知道，古人說過『男女授受不親』的話。」

「那句話，我知道，不過早就放進博物館了。」郭雪瞋目望著我問：「你怕什麼？」

「我什麼都不怕！」我話音一落，猛然將她摟在懷裡，在她沒有預防下，以迅雷不及掩耳之勢，用嘴吻住她的嘴，並用舌尖在她嘴唇溫柔活動，接著伸進她的嘴內活動，她不但未拒絕，而且也用舌尖相迎。

我倆舌戰纏綿中，雙方貼身緊抱身體自然倒向床上，良久之後，郭雪用手指點了點我的頭部前額而笑意盈臉說：「你真不老實，還要強調『男女授受不親』！」

「海軍訓練在海上作戰時，要求快、準、狠三步驟。」我輕柔吻了吻郭雪而誠摯的說：「因為我愛妳，我耽心妳跑了，所以也採用快、準、狠的方式，希望永遠獲得妳。」

「只要你愛我的航向不變，我今生會永遠隨著你的航向。」郭雪深情的說：「我相信，我倆一定會抵達幸福的港灣。」

「妳放心，我愛妳的航向，不論天氣如何變化，絕對堅定不變。」我看時鐘，夜已很深，因此離開和郭雪纏綿甚久的床鋪說：「妳就睡在此，我到另一張床去睡。」

「好！」郭雪深情吻了吻我說：「我要準備睡了！」

「我先要說聲抱歉！」我說：「我有個壞習慣，可能會打擾妳的清夢！」

「什麼壞習慣？」郭雪又瞋目瞧著我說：「你不要恐嚇我！」

「我睡覺會打鼾，而且聲音不小。」我說：「可能影響妳的睡眠。」

「我有方法應付。」她說：「我可以戴耳機，聽音樂，你的呼聲就妨礙不到我。」

「好方法。」我笑說：「夢裡見。」

翌日，郭雪坐在梳妝台前，瞧著鏡子化妝，我走到她身後，用手輕撫她披肩烏亮長髮，不時用鼻子聞一聞，一種天然少女髮香，令人陶醉，使我不捨離開，一聞再聞。

「你對我頭髮有興趣？」郭雪望著鏡子內反映的笑臉問。

「妳的髮香使我難忘！」我認真的說：「有人說，真正愛上一個人，不論身上氣味是香或臭，都會喜歡而百聞不厭。」

「我就剪些頭髮送給你。」

「謝謝妳，不需要。」我以玩笑語氣說：「我的鼻子，已經被海軍訓練成了艦艇上的聲納一樣，妳的髮香就似潛水艇，不論在何處，我這像聲納的鼻子，都會追蹤聞得到。」

「現在請你像聲納的鼻子，幫我聞一下，餐廳裡有什麼好吃的東西。」郭雪化妝完成說：「我肚子在唱空城計了！」

「好，我們走。」我大笑牽著她的手說：「我已聞到了，餐廳裡有妳喜歡吃的早點。」

愛情就像層層被鎖著的寶庫，只要能獲得寶庫的鑰匙，就能輕易打開寶庫深鎖的大門，任意拿取寶庫內想要得到的寶物。郭雪就似一座寶庫，她給我深情的吻，就表明已將開啟愛情大門的鑰匙交給了我，我相信，今後我想要的，她會毫無條件獻給我。

14 聖誕節晚會郭雪首支舞由李西相伴

我和郭雪遊覽了美國尼加拉瀑布回到接艦基地後，每天督導官兵出海作業，雖然辛勞，但我卻感覺比以前輕鬆愉快，可能是一生中首次獲得愛情的滋潤，精神上無形中充沛起來，工作時就顯得特別順手起勁。

我們接艦工作，已進入到實地搶灘登陸、戰車進出登陸艦的實際駕駛操練，剛開始時，有些技巧動作還不夠熟習，因此，美軍指導人員並不滿意，對接艦官兵的操練，要求更為嚴格。

日子在緊湊的訓練中，過得異常快速，轉眼之間，一年一度的聖誕節即將屆臨。這個節日，等如我國農曆春節，所以美國人異常重視，全國公私機構都休假，而且假期長達一個星期。因此，美國人在聖誕節前夕，都會計劃歡樂的節目，或者出門旅遊，可說是「一年之計在於聖誕節」。大家把一年辛苦奮鬥的重擔暫時放下，輕鬆歡愉的慰勞自己一下，不論身分地位高低、富或貧的家庭，都要吃頓豐盛的火雞大餐。

我們接艦基地的美國有關機構人員，早就通知我們，他們要放假去歡度聖誕節，雖然我們接艦官兵不在乎這個節的假期，寧願繼續加緊訓練，以便早日返回台灣為國效命，可是，基地的美國人員都休假離開了，我們也只好「入境隨俗」暫停出海演練了。

聖誕節前夕，郭雪親自到訓練基地，代表她父親邀請梁艦長、蔡輪機長和我，到她家過節，因為她家已準備了聖誕節火雞大餐，餐後還舉行舞會娛樂。

梁艦長由於責任心重，決心留在訓練基地照顧接艦官兵，並加菜聚餐，而且也由官兵自辦晚會娛樂，蔡輪機長也堅持陪梁艦長在基地，我以副艦長的職責，亦不應離開官兵，但梁艦長一再勸我不能失禮，最重要的不讓郭雪在這歡樂節日裡失望！結果，就由我一個人代表前往郭家過聖誕節。

聖誕節當天，我獨自依照郭雪留給我的地址找到郭家，這是棟別墅型的建築，範圍寬闊，其中設有游泳池，花木草皮，栽培得精緻宜人。大廳門前兩旁，整齊擺列聖誕紅盆景，大廳內裝飾一棵高大聖誕樹及巨大的聖誕老人，牆壁周圍點綴一閃一亮的彩色小電燈，充分顯出過節的喜氣。

郭雪引導我進入大廳內室，我向她父母致意後，並說明梁艦長和蔡輪機長不能赴約的原因。然後大家進入餐廳，郭雪的父親並為我介紹應邀前來的至親好友。

這頓聖誕節大餐，除了應景的火雞外，其他的菜餚，全是中式，豐盛精美，大家吃得津津有味，讚不絕口。聖誕大餐完畢後，接著舞會展開。

當郭雪身穿白色禮服，將長髮挽起向後紮結成纈，含笑由樓梯上緩步踏下來，使舞廳來賓眼睛一亮，因為她的氣質吸人，外型又亮麗，尤其一雙動人的烏亮大眼睛，使人無法抗拒，因而頃時引起全場熱烈的讚美掌聲！

郭雪大方走到我面前，第一支舞就獻給了我。在終場音樂聲中，我摟著郭雪苗條身體在舞池飄盪時，驟然想起與郭雪外型類似的一個人，那就是分別甚久的張娜，在她生日慶祝舞會中，也同郭雪一樣的將第一支舞獻給了我，但不知別後的她現在何方?生活情況如何?內心油然升起了一絲惦念之情!

「李西，你的舞技不錯呀！」郭雪以試探口氣問：「時常跳舞?」

「海軍因為有機會經常出國訪問，所以在官校受訓時，有教舞蹈課程。」我解釋回答：「所以每個海軍都會跳舞。」

「我問的是，你有沒有經常與女人跳舞?」郭雪追根到底的問。

「有！」我將她腰身更用手勁往懷裡摟緊的說：「我現在不是正在與女人跳舞！」

「你不老實！」郭雪以徵求的口氣問：「我想利用這個假期，到舊金山遊覽，你願陪我去嗎？」

「我願意，但是要獲得梁艦長的同意。」

「我相信梁艦長一定會核准。」郭雪俏皮的回答：「因為他相信我不會把你賣掉！」

「我這麼英俊而有才幹的人，」我也以玩笑口氣問：「你捨得賣？」

「老實說……」郭雪溫柔多情貼緊我的胸前含笑回答：「捨不得！」

我倆就在情話綿綿中跳完這支舞，因為時間很晚，我只好向郭雪和她的父母辭別回訓練基地。

翌日，在梁艦長同意下，我趕到郭雪家，準備與她前往舊金山三日遊。

「報告！」我踏進郭雪臥室以軍人式立正，並行舉手禮說：「郭長官，我已獲得梁艦長核准，要我負責陪同前往舊金山觀光。」

「知道了！」郭雪故意擺出長官架式，並用手指著旅行箱說：「時間不早了，還不快些幫我拿旅行箱趕路。」

「遵命！」我趁勢將她摟進懷裡深情長吻。

「你這個小兵。」郭雪似瞋似樂的含笑說：「膽敢侵犯長官！」

「這不是小兵侵犯長官。」我也俏皮回答：「而是長官慰勞小兵。」郭雪和我就在笑聲中離開郭家別墅，搭機前往舊金山遊覽。

舊金山是美國東部三大門之一，在美國的老華僑稱為三藩市，也是赴美留學觀光的必經之道。它是一座名符其實的山城，兩山聯袂並峙。居民住宅，大多是依山建築，遠眺好像高的房屋就疊在低屋的頂上，重重疊疊，有如一幅立體圖，也似台灣基隆的模樣。

金門大橋，算是舊金山的招牌，正像自由女神像成為紐約的標誌一樣。金門大橋全長二點八公里，橋面有六線車道與行人道。該橋於一九三七(民國二十六)年完工，當時興建費用三千五百萬美元，係由猶太人約瑟夫私人投資，所以過橋要收過橋費。這座單墩吊橋，橫跨金門海峽，由於橋身太長，海深潮急，施工不易，所以它的地位特別吸引大眾。為維護橋身橘紅色的外表，有固定油漆工三十人，全年不停的由東岸漆向西岸，週而復始，年復一年，一直漆個不停。

如果論氣派、論規則，應推舊金山的海灣吊橋，因為，該橋全長十二公里，分成上下兩層，上層八線車道，專走體積較輕的小轎車，下層則專供重型車輛行駛。該橋將舊金山與奧克蘭島相連接，橋下的海灣內海，風光如畫。遊客乘艇遊覽，海風拂面，波光蕩漾，仰看長橋橫空，有如游龍，景色令人忘返。

舊金山公園緊靠金門橋，原是一塊沙丘，全以人工移植各種樹木而成，現在滿眼蔥翠，濃蔭茂密。池塘幽靜，百鳥交鳴。舊金山的氣候涼爽馳名，如果盛夏臨此，彷彿置身於天然冷氣的境界中。

該公園設有一座大溫室，栽培有各種名貴花卉，爭奇鬥艷，香氣襲人。室外的大型花圃，各種花卉，按色分列，紅白分明，調配適宜，凌空俯瞰，就似舖著一幅五彩的地氈，其美色無法用筆墨形容。

舊金山的漁人碼頭，也是遊客必到之處，此處原係義大利人的漁港，現已變成觀光勝地，碼頭商店供售各種海鮮，尤其是螃蟹，又肥又大，滿殼蟹黃，真是喝酒佳餚。

舊金山另一個特色，就是有百年歷史的古老電纜車，該車是用一根鋼索，把它從傾陡的街道間，拉上放下，乘客可以攀在車牖，隨車馳騁，瀏覽全市風光。

到了舊金山，即使不是中國人，也要去觀光唐人街，也就所稱的中國城。因為，大家認為，觀光了唐人街就等於到過中國。

走進唐人街，迎面而立的是古色古香的大門，兩旁雄踞一對石獅，門楣高懸「天下為公」的橫匾，是孫中山先生親題的字蹟。在這中國城內活動華人約有十多萬人，分設街道兩旁大小商店，約有千多家，以飯店餐廳居多，部分宮殿式的裝潢，富麗堂皇，生意鼎盛，食客如雲。其次為紀念品商店，販賣商品大致有陶瓷、刺繡、傢俱、首飾、古玩、以及各種手工藝品等，可說應有盡有。

我和郭雪在舊金山三天時間裡，觀光的重點大致觀賞了一遍，在最後一晚，依照郭雪事先規劃的行程，找到頗為豪華又有名氣的中國式餐廳，我倆吃了一頓該餐廳拿手的菜，然後分別回到預先訂妥的甚為高級旅社。

我倆分別進浴室洗掉觀光的疲憊，兩人都穿上寬鬆睡袍坐在室外涼台，一面欣賞海景、一面喝著咖啡，一面說著情話。

「你遊覽了三天的舊金山，有何感想？」郭雪又在測試我。

我想了想分析：多數在美國的華人，都是十分喜愛中國城的食物和用品，可是卻不願意居住在此，尤其是年輕一代和近年移民的華僑。他們經常來中國城，只是吃一頓中國餐或買些用品，然後就開著名貴漂亮的車子離去了。

這批人不願長住在中國城，其原因是感覺老一輩的華僑過分守舊，鄉情太濃，一切僑務公事把持不放，不長進，愛賭，不衛生，對外面的社會過份漠視，居住環境不能隨時代改善，而且迷信等。

由於住在中國城的華人不爭氣而又墨守成規，以致美國政府關注不足，但對歐洲逃來的難民，卻願撥鉅款照顧安置，可是居住在中國城從港澳逃出的難民，就不聞不問，使得中國城無法改革成為現代化的城市。

我強調：現在的中國城，不但是舊金山的觀光勝地，也是中華民族的一種奮鬥表徵，如果要使中國城隨著進步時代往前邁進，必須要吸收一批有作為、有能力、有專才的僑民與留學生，前來為中國城效命。

郭雪無聲專注聽我分析的感想後，用手鼓掌讚賞說：「這真是一堂精采現代史的課。」

「夜深了。」我牽著她的手說：「我們去睡吧！」

郭雪倚靠著我走進室內，倒在床上，雙手拉著我的手，溫柔細聲徵求說：「你陪我躺一會好嗎？」

前兩夜，我倆都是分床各睡各的，今夜，郭雪卻主動要我陪她同床躺一會，我也不是出家和尚，這種天上掉下來的禮物，無法拒絕。我就順勢依偎在她身旁緊抱著她深吻，她也緊摟著我迎接，在激情衝動中，我用手解開她睡袍的腰帶，當睡袍展開，因為她沒有戴奶罩，頃時一雙雪嫩挺立的奶峯呈現在我眼，奶頭似葡萄般桃紅色在燈光照耀中，格外誘人，我情不自禁的用舌尖在她奶頭輕柔舔動，她的情意亦隨著激動，呼吸也漸急促，臉部顯出桃紅色，身體亦輕微顫動，郭雪正在情不自禁用手要脫下內褲，突然理智告訴我，千萬要忍耐，未結婚前不能破壞她的純潔，否則會留下郭雪對你的壞印象，因此，我用手阻止她脫內褲的動作。

「郭雪，這個事，等結婚時再做。」我怕引起她的誤會猜疑，拉著她的手按在我的下體說：「我也想做，妳摸一摸，它還在向妳立正敬禮！」

「李西。」郭雪似乎激情暫趨冷靜，她深吻我後說：「我知道，你是為我好。」

翌日，我和郭雪別離遊覽三天的舊金山，我倆帶著新婚夫妻般甜蜜情愛踏上歸途。

15 接艦官兵將親駕贈艦回國

我回到接艦基地，聖誕節休假的美軍機關人員，也都歸來恢復工作，對我們接艦官兵監督訓練，更加緊進行。演練的重點，全部放在出海實地搶灘登陸、以及戰車登艦和離艦的技術操作。

梁艦長和我，不斷深入研究這項登陸駕駛技術，我們認為，登陸前，必須注意天氣風向及潮流漲落深淺的情況，然後配合選擇艦後錨拋下的時間，因為艦隻登陸後，如果受風力和潮流漲退影響，艦身可依賴後錨抓住海底而借錨鍊收縮力量，使半登陸的艦身離開陸地退回海裡。因此，我們就以此方式，經過多次試驗，後錨使用是否適宜，對登陸順利頗有關係，所以，我們就遴選部分官兵專責練習艦身後錨拋錨登陸作業技術，當官兵不斷實地練習而達純熟後，搶灘登陸成績，受到美軍負責督導人員不斷讚賞，我們接艦任務，也圓滿完成。

由於梁艦長是救出美國情報小組人員、以及獲得我國最高「青天白日勳章」的英雄人物，所以美國對登陸艦交接典禮非常重視，因此，交接典禮特別派美國海軍司令主持，我國也派海軍副總司令偕同駐美海軍武官出席。

交接典禮當天在邁阿密美國海軍基地碼頭舉行，除了美國有關人員外，前來觀禮的華僑團體不少，郭雪和她家人與好友當然亦在其中。

當中美雙方交接人員致詞後，登陸艦桅杆上的美國星條國旗，在國歌聲中緩緩下降，我國青天白日滿地紅的國旗，接著在國歌聲中緩緩上升，感動得華僑們掌聲不絕，有的淚流滿面。自此刻起，這艘登陸艦就屬於我國，也完全由我海軍官兵負責管理駕駛使用。

接艦官兵準備回國前夕，一年一度的新年也來臨，訓練基地美軍人員都休假三天，我們接艦官兵也輪流放假，以便離台灣一年的官兵，作美國邁阿密最後的巡禮。

邁阿密位於美國佛羅里達州東南端，論位置，有如台灣的鵝鑾鼻。因受南方氣候影響，陽光長年撒在此地已夠美麗的沙灘上，所以當寒流籠罩美國中北部時，只有邁阿密的陽光如夏天。

邁阿密和夏威夷一樣，都是由海灘、陽光、綠蔭、蕉林、椰道等交織而成的美麗城市。在海邊沙灘，冰肌粉腿的少女，追逐於煙之間，嬉戲於浪潮之上，所展示的青春和活力，充滿了無窮的誘惑。

此地愛法基沼澤公園，可說是全美最大的熱帶公園，廣達一百四十英畝，園中佈滿熱帶的植物，清翠奪目，置身其間，彷彿到了台灣的墾丁公園。

園內各種各樣的珍禽異獸，也不計其數，鱷魚成群，河馬怒吼，特別是一群高腳長頸的紅鶴，在音樂演奏聲中跳舞，搖頭晃腦，蛇腰擺臂，隨著韻律，一再變化隊形，如同一支訓練有素的儀隊。

邁阿密的夜生活，亦是多采多姿的，好幾家戲院不斷獻演芭蕾舞或歌劇，幾乎都是第一流的，世界各國的大明星，也常來此表演，因此，每臨華燈初上，邁阿密就沐浴於歌聲舞影、紅燈綠酒的氣氛中，而且，夜總會附設各種賭博，應有盡有，所以，遊樂通宵達旦，晝夜不分。

值得觀光的是馬場，每天賽馬十場，每場參賽的良駒，從六匹至十五匹不等。賽場兩邊設有看台，足可容納萬把人。一列售票窗口，有四十多處，便利賭客購票押注，在電動機械操作下，很快就公佈比賽結果及得獎的標準，大多每十元美金可贏十幾到二十元之間。這是一項新鮮而有刺激性的賭博，目前台灣還沒有這款玩藝兒。

邁阿密雖然是觀光城市，但對來此安渡晚年的老人，也非常重視。因此，臨海興建的旅社，櫛比林立，大多有五、六十層，高聳入雲。其間不少是專供老人長年居住，如同台灣老人公寓。從美國中、北部來此地安渡晚年的老人，一年比一年增加，主要是邁阿密的陽光、氣候、環境和沙灘，太適合老人的生活環境。

新年三天的假期，接艦官兵均輪休放假到邁阿密城遊樂、探友、採購回國分送親友的物品等，我也和郭雪在她家親密渡過這三天時光，我兩都有不捨，但她表示「一定回台灣找我，要我不要辜負她對我的愛」。

我也向她保證「一定等她，終生不變」。

16 李西、郭雪互相獻出愛情「第一次」

接艦官兵駕駛登陸艦離開美國邁阿密海軍訓練基地時，海軍總部來電通知，要我們在返國途中，順道前往夏威夷宣慰華僑。

夏威夷是夏威夷群島中的最大島嶼，島上首鎮是火奴魯魯，有人稱為檀香山，亦有人叫珍珠港。

夏威夷雖是美國的一州，實質上卻屬於東方，因為，島上近百萬居民，除了大部分為夏威夷外，其餘多為中國及日本兩國的人，雖然夏威夷人的皮膚較烏黑，但在型態上的差別並不太大。

夏威夷約有六家私人銀行，中國人投資開設的就佔了四家，顯示中國人在此社會所擁有的經濟和影響力量，難怪海軍總部指定要我們專程來此宣慰華僑。

夏威夷在碧海煙波、遍灘黃沙、悠然白雲，美得令人陶醉忘形。所以，經常來此觀光的世界遊客，最少也有五萬人，他們主要目的，就是來此享受海邊沙灘上的日光浴。

當我們的登陸艦駛進觀光勝地夏威夷，停靠在珍珠港美國海軍碼頭時，在駕駛台的梁艦長，忽然把手上的望遠鏡遞給我，並用手指著方向和目標叫我看。

我接過望遠鏡，順著梁艦長指的方向，在歡迎我們的華僑人群中，突然發現一位身材高挑，眼戴深色太陽眼鏡，一頭烏黑長髮隨風飄揚的少女，正在不停地向登陸艦方向搖手，我仔細一看，這位少女卻是我日夜思念的郭雪。

「李副艦長，我們在這裡有五天的停留期間。」梁艦長含著體貼下屬的笑意說：「我准你五天特別假，好好去陪不遠千里而來的她吧！」

「梁艦長！五天接待華僑來艦參觀活動，事繁責重，讓你一個人……」

「這是命令。」梁艦長打斷我的話含笑說：「將來請我多喝幾杯喜酒就好了！」

「遵命！」我俏皮地立正行了一個舉手軍禮說：「謝謝艦長的成人之美。」

我隨即跑到寢室，換好衣服，並準備五天使用的衣物，迅速下艦在碼頭找到郭雪，親熱地來了一個美式擁抱，然後叫計程車到市區。

「不必叫了。」郭雪拉著我走到停車場內一輛紅色新式跑車旁，並俏皮用手向汽車一揮：「我的大英雄，請上車。」

「這是妳租的？」

「是向親戚借的。」

「妳親戚有這麼漂亮的車？」

「他在此投資經營銀行。」郭雪解釋：「自己任董事長，此地還有一棟漂亮的私人別墅，他本來要我住在別墅，為了我倆相聚自由，所以我決定住旅社較為方便自在。」

「妳對夏威夷很熟習？」我看她駕駛跑車在街道上行駛，既輕鬆又有「老馬識途」的模樣問。

「我父親在這親戚銀行也有投資，所以，我和父母每年都會到夏威夷渡假。」

「這次，妳又要做我的嚮導。」

「你這五天活動行程，我都安排好了。」

「妳怎麼預先知道我們會到夏威夷？」我奇怪地問：「而且也知道停留五天？」

「你們不是要來此宣慰華僑嗎！」郭雪顯出你不告訴我、我也有方法知道能力口吻說：「我親戚不但是此間的僑領，而且更是此次籌備歡迎你們的主角，你的行動如何能瞞得了我！」

「我不是要瞞妳！」我誠意解釋：「我是軍人，有職責要保守行動的機密。」

「我不是三歲小孩，事情的輕重，我還是分得清。」郭雪依然情緒未平地說：

「我向你保證，你的軍事秘密，絕對不會洩漏的。」

「對不起！我當然相信妳。」我用手輕撫她隨風飄揚披肩秀髮說：「將來我倆還要成為一家人！」

「誰和你成為一家人？」郭雪用手快速在我大腿上搥了一下，接著笑出聲來。

我倆就在爭論而互相諒解的笑聲中，抵達了郭雪精心安排的旅社。

這家旅社有二十六層之高，外型建築現代化，內部裝飾卻中國古典式，大廳牆壁的銅版上，有孔子的遠行的浮雕，並刻有「行千里路，勝讀萬卷書」的中國字，經詢問，始知老闆是廣東人。

這家豪華旅社，生意興隆，主要是距離海灘甚近，大海就像是旅社的天然游泳池。旅客換好泳裝，步行三分鐘，就到了美麗廣闊海畔的柔軟沙灘。

我和郭雪換上泳裝，來到旅社前的沙灘，遊客都穿著各式各樣的泳裝，尤其是婦女，穿著更是爭奇鬥艷，冰肌雪膚，暴露於輕風麗日之下，有的橫陳直臥；細數行雲。有的交頭私語；情極親暱。

郭雪穿了一套桃紅色三點式泳裝，將高挑身材襯托得異常明顯，戴上墨色太陽眼鏡，把長髮向後紮起，呈現的姿色和氣質，就是一流的電影明星也難相比，因而引起不少觀光客的欣賞注目禮。

我和她在海中逐波嬉水時，在耳畔說：「妳的美麗，吸引了沙灘上觀光客的眼睛。」

「你的健美英俊模樣，不是也獲得婦女的注目。」郭雪也在我耳邊笑著說。

我倆在海中盡情嬉戲後，回到旅社房間，我發覺房間內只有一張雙人大床，不像我倆以往旅社，都有兩張單人床，各人睡一張。

「今晚怎麼睡？」我試探地問。

「我們共同睡在這張床上。」郭雪神秘笑著回答。

「妳不怕我壞習慣？」我一語雙關地問。

「我怕什麼！你睡覺打鼾，我就塞耳機聽音樂。」她接著解釋地說：「我們雖然同睡一床，但各人蓋各自的毯子，互不打擾。」

我倆睡前在床上，雖然有激情擁抱深吻，但我在最後關頭，均強力忍耐而壓下衝動的慾念，兩人均能安然入睡。

夏威夷有三項聞名的特色：草裙舞、椰林、夏威夷衫。

草裙舞是以草編成的裙子，穿在舞者身上，然後隨著音樂大扭屁股一番，但已參雜歐美化的情調，予人一種不東不西的感受。

椰林，由於夏威夷四季如春，到處椰林，隨風招展，充分顯示了熱帶風光。被夏威夷列為觀光的交通工具人力三輪車，乘坐遊覽椰林之間，並購飲椰子汁，別有一番風味。

夏威夷衫，其實和香港衫沒有太大差別，只是夏威夷衫色調較鮮豔濃郁，予人一種濃妝豔抹之感，觀光客為了來夏威夷一遊的紀錄，多數都會選購一件作為紀念。

郭雪安排遊覽較為有名的景點後，並帶我到海上皇宮吃了一頓可口的海鮮。該宮是香港建造，如香港的珍寶號一樣，都是水上餐廳。菜餚以海鮮為主，餐費並不低。

夏威夷的婦女，均喜歡在髮鬚之間插朵小花，有國際常識的觀光客，只要一看小花插的方向位置，就知道這個婦女狀況，因為，當地風俗習慣，小花插在左邊是已婚，右邊是未婚、中央則為待婚。

凡是到夏威夷的觀光客，憑弔珍珠港是必然行程。而珍珠港事件紀念塔，更非瞻仰不可。該紀念塔，美國政府於一九七三(民國六十三)年建造，外似亞歷山大海軍軍艦的模型，搭乘小汽艇前往，前置一座自由鐘，內列犧牲的美國海軍官兵一千一百零二人的靈位，兩側的窗口，可以清楚地看到沉在海底的亞歷山大軍艦。該艦係於一九四一（民國三十）年十二月七日，日本飛機夜襲珍珠港時，在九分鐘內即被炸沉的，全艦官兵盡成海底冤魂。自此敲醒了美國人的美夢，也引發第二次世界大戰。

我嚴肅立正在這群被犧牲的美國官兵靈位前，虔誠的行了一個軍人舉手禮，並沉默良久。

「你為什麼要如此慎重向他們行禮致敬！」郭雪在我身邊不解地輕聲詢問。

「因為他們的犧牲，美國才決心參加第二次世界大戰，才使日本戰敗投降。」我說：「如果美國不參戰，日本當時的武力，集中對付中國，早就滅亡了中國，中國人民的犧牲就無法估計了！」

「這都是過去的歷史。」郭雪以安慰的口氣說：「不必太傷感了！」

「假使中國被滅亡了，我也不可能當海軍。」我不願掃了郭雪的遊興，特地換了一個話題說：「就沒有機會來美國，更無法認識妳這美女！」

今日是粱艦長准我五天特別假的最後一夜，我和郭雪在旅社吃完晚餐就回到房間。

「李西！」郭雪閃亮一雙大眼睛，望著我，一本正經地問：「你是真心愛我？」

「妳是我第一個愛的女人。」我問：「妳要我發誓？」

「你願意娶我為妻？」她依偎在我懷裡接著追問。

「只要妳願意，我回台灣就向海軍總部提出結婚申請。」

「我願意！」她像小孩般抓起我的手，要我配合玩起「抅手指蓋印」的手式動作。

我帶著郭雪滿意的笑聲走進浴室，準備洗完澡睡覺，因為已過午夜了。我正在浴室沖澡時，郭雪卻推門進到浴室，而且是光著身子。

「妳要洗澡？」我手足無措地問。

「我想洗個頭。」郭雪笑瞇瞇地回答。

「我讓妳先洗。」我將一塊大浴巾正想替她身體圍住，然後推門欲離開浴室。

「我要你幫我洗頭髮！」她將浴巾推掉，並阻止我離開，迅速依偎在我懷裡。

我怕她跌倒，只好張開雙手抱著她，她趁勢激動吻起我。我倆一陣深情長吻及互相用手在對方裸體上撫摩，導致雙方慾火上升到頂點。

「李西！」郭雪含有懇求口氣說：「我們先上車後補票好嗎？」

我想，反正回台灣後，我就要娶她為妻，今夜先上車，也無所謂。因此，立刻將全身一絲不掛的郭雪抱起，衝出浴室，兩人就倒在床上，我就貼在郭雪身上，進行有生以來的第一次「肉搏戰」。

肉搏戰結束，郭雪從枕頭底下摸出一塊白綢巾，向下體擦了幾下，然後下床到桌子上將該布鋪平，在上面寫了些字。

「李西！」郭雪將這塊白綢布遞給我說：「你看！」

我從她手上接下白綢布，上面有幾點紫紅色小點外，郭雪並在布上寫著：「郭雪的第一次，獻給了李西」。

我看完後，恍然大悟，白綢布上的紫紅色小點，就是郭雪在肉搏戰中處女膜被攻破有疼痛表情時所流的血。至於第一次獻給我，也就是將處女的身子給了我。

我在高興和感動之下，也取筆在白綢布上郭雪寫的字句旁加寫：「李西的第一次，獻給了郭雪」。

「今晚。」郭雪認真地問：「你真的是第一次？」

「處男無法提證據。」我真誠說：「只有發誓。」

我說完後，正準備舉手發誓時，郭雪迅速撲過來，將嘴吻著我的嘴，表示相信我了！

翌日，我回到艦上，向梁艦長報到致謝後，登陸艦就準備啟航離開珍珠港。

我在駕駛台上，用望遠鏡一直盯住郭雪的身影，她在碼頭靠著紅色漂亮跑車旁，舉手不停地向登陸艦搖擺。我也在望遠鏡中，看著她的身影，隨著艦身移動而由明晰到模糊，最後失去她的蹤影。

登陸艦離開美國夏威夷在一望無際的海洋中行駛，我望著海面一波接著一波跳躍的海浪，彷彿曾在郭家過聖誕夜於舞會中摟著郭雪甜蜜起舞，接著我又想起，昨夜與郭雪在旅社床上肉搏戰後，她取出白綢布寫上「郭雪的第一次，獻給了李西」的動作，加上她事前一再追問：「你真心愛我？你願娶我？」的言語，在獲得我真心誠意的肯定答覆後，結果才下定決心「先上車」，而獻出少女最珍貴的「第一次」。

從郭雪這些安排動作顯出，她是真心愛我，我能獲得她這種純真的愛，是我今生的幸運，我向海洋跳躍的波濤起誓；我今生絕對不能辜負她！

17 李西升任艦長並與郭雪結婚

登陸艦安抵台灣駛進左營海軍港，受到熱烈歡迎，艦上官兵休假五天後，就接受海防運補任務。我在徵得郭雪的父母同意後，向海軍總部提出「娶郭雪為妻」的申請。

我們擔任運補任務一個月，再次回到左營後，梁艦長叫我到他的寢室。

「李副艦長！恭喜你。」梁艦長遞給我兩份公文說：「雙喜臨門。」

「謝謝梁艦長。」我接下兩份公文；一份是提升我接任永康艦長。一份是核准我和郭雪結為夫妻。

我立即以電話通知郭雪，要她準備做我的新娘，並請她代為轉告她的父母，同時告訴她，我將接任永康艦長的職務。

永康軍艦係美國建造，成軍後即參加第二次世界大戰，戰後美國將該艦移交我國海關。民國三十八（一九四九）年中共攻進上海，海關卻將該艦遺留江面，經由我海軍派艦拖到定海整修後，始編入海軍命名為永康艦，擔任海岸巡防及外島防務任務。

該艦為掃雷巡邏戰艦，編入海軍服役後，曾參加過多次戰役，其中重要計有新英港突擊戰、南山衛保衛戰、銅山港戰役等。

我奉命升任該艦艦長職務，接事不到一個月，郭雪就和她的父母由美國回到高雄。要我到她高雄家和她家人商量結婚事宜。

郭雪陪我到高雄的家，除見到她的父母外，也拜見了她的祖父母。她祖父曾當選過高雄市議會的議長，因對高雄市的建設頗有功勞，對民眾的困難又不遺餘力熱心協助，所以不但受到各機關首長的尊敬，也受到地方大眾愛戴。

由於郭雪是他唯一的孫女，以致希望婚禮要辦得熱鬧一點，他當面交待郭雪的父母負責主辦，費用全由他出。

我除了請峨嵋艦從前的梁艦長而現為海軍總司令為證婚人外，介紹人則請獲得青天白日最高榮譽勳章的梁艦長擔任，其餘的一切，只得遵從郭家的安排。

我和郭雪婚禮是在高雄一家大飯店舉行，除了我的海校同學和海軍的同事外，賀客大多是郭家的親友，以及與郭雪的祖父有淵源的各機關主管和地方人士，人數眾多，熱鬧非凡，可說是轟動了高雄市。

海軍總部本來在左營配了一間眷舍給我，但郭雪的祖父已安排她在郭家開設公司負責會計工作，她父母認為每天高雄、左營來回跑，路途相隔不近，耽心女兒的奔波辛勞，所以在高雄愛河附近買了一戶大廈內的房屋，送給郭雪作為結婚禮。祖父為勉勵她勤奮替公司服務，送了一部轎車給她上班用，當時在高雄地區私家車不多，少女開車的更少，所以郭雪開著自用轎車在高雄市行駛時，吸引不少羨慕的眼光。

「郭雪！我很對不起妳。」我倆送走她父母後，回到她父母送的房屋，也就是我倆新婚的新房尷尬的說：「我倆結婚，好像不是我娶妳，而是妳娶我！」

「我倆結合，就變成一體。」郭雪一本正經地說：「不要說你娶我娶的話，難道我們將來生了孩子，也要分成你一半、我一半。」

「如果這樣分。」我笑著說：「孩子還能活嗎？」

「你既然要孩子活，今後我們絕對不能分彼此。」

「明天我就要銷假回艦。」我深吻她後說：「如果有任務，我就不能回來陪妳。」

「你放心，我不會洩漏軍事秘密。」她多情的大眼看著說：「我會耐心等待親愛的老公歸來。」

我回到永康艦，上級命令我從速趕往香港附近海域，擔任一項秘密接回由大陸出來的特殊人員任務。當我艦到達指定地點，依照規定的秘密聯絡信號，始終未發現要接的對象，我艦在指定海域範圍監視巡邏了五天後，始接到海軍總部來電：「任務取消，從速回台。」

我接到回航命令時，天氣陰沉多雲，根據氣象資料與海圖相對後，發現有個強烈颱風向我們回台的航線上發展，由於香港周圍島嶼均在中共控制下，我們不能停靠避颱風，因此，只有冒險向颱風圈航行回台灣。

永康艦雖然孤獨在白茫茫的一片大海上前進，但沿途的風浪卻愈來愈兇猛，我命全艦官兵各守崗位，各儘全力使艦身安穩在既定的航道行駛。

翌日，我在駕駛台上，發現天氣比昨天啟航時較好，海面的風浪也較平靜，我立刻用望遠鏡仔細觀察，是否颱風已經轉向，同時核對氣象資料。

察看核對結果，颱風不但未轉向，而且有增強的趨勢，同時距離我艦的周圍不遠海面天氣，烏雲密佈、海浪跳躍如山峯，奇怪的是，只有我艦所處的航行位置，風浪較小，而且還從雲間透露少許陽光。

我正在與航海官研究這種變化難測的氣象時，海面上卻顯出像炒菜鍋裝水漩轉的漩轉圈，以我多年航海經驗，知道艦身以漸進颱風中心。

經驗告訴我，如果不從速設法將艦身脫離這個被颱風形成的海上大漩轉圈，永康艦就會被海水的漩轉圈漩轉到鍋底而沉沒。

為了挽救沉沒的危險，我要先使艦身脫離海面漩渦，雖然進入颱風暴風圈，與大風大浪搏鬥，亦有危險，但比在漩渦中的危險較輕，所以尚有一絲脫險希望。於是，我下令輪機長，將航速加大到最高限度，將艦身向海面漩渦相反方向前進，以便衝出漩渦的海面。經過四個多小時與漩渦搏鬥，終於脫離颱風中心和漩渦圈，而進入颱風暴風圈。

永康艦在颱風暴風圈的航程，越行越困難，氣候一程比一程惡劣，風浪一段比一段兇猛。

由於風浪太大，艦身的搖擺度已使人無法在艦上站立，全艦官兵工作時，均需以繩索將身體綁妥固定，否則就會像皮球般被拋來滾去，尤其在艦艙甲板上工作的官兵，一不小心，有被拋到海裡的危險。

我在駕駛台上，看到多次艦身被巨浪推倒而無法立刻回復正常，這種現象，如果不立刻設法制止，可能在艦身尚未恢復原狀時，假使再被一個巨浪沖擊，艦身就會翻滾而形成潛水艇沉下海底。

我深感艦身係自最高層寬度的比率逐漸斜縮至艦底，形成上重下輕，在此種搖擺幅度加大時，沉沒危險則更大。因此，我下令動員全艦官兵，將艙面有重量的物品，儘可能移到艙底，以減輕艦身的搖擺度。

我在駕駛台，眼看著海面被暴風掀起的巨浪，好似是一座接一座高山的山頂，艦身航行其間，有時被巨浪送到高頂時，艦尾的推進器就全部露出水外空轉，無法發揮推進的功能；當巨浪將艦身帶到山底之下時，就如同跌落萬丈深淵。

這時，永康艦的主機也突然損壞，因而危險程度更加增大。我即以無線電話向海軍總部求救。梁總司令以鼓勵口吻告訴我：「颱風甚大，救援艦隻無法出海，一切自行酌情處理，等你平安回來！」

既然救援艦隻無法出海，我只好命令全艦官兵搶修損壞的主機，可是，在未修好前，另外一部主機也損壞不能發動，接著電機亦停擺，使得永康艦既無動力，又缺電力，只好使用人工舵穩住艦身，隨風逐浪！

永康艦正陷入沉沒的邊緣時，颱風似乎逐漸遠離，海面風浪亦像洩氣的皮球逐漸軟弱無力，艦身搖擺亦漸減輕。

永康艦經過兩天的生死搏鬥，終於脫險被救援艦隻拖回左營軍港。

海軍總部有關主管認為是項奇蹟，要我將當時永康艦航行與搶救等過程，詳細記述呈報總部作為參考。

我把艦上的事務處理安排妥善後，即請副艦長代為管理，我即趕到高雄，走進離別快兩個月的結婚新房，迫不及待地想見到我的新娘郭雪。

「郭雪，我好想妳！」我想起在海上與颱風搏鬥的危險時說：「差一點我回不來了！」

「我也時刻在思念你。」郭雪奇怪地問：「你為什麼回不來了?」

我就將永康艦在海上遇到颱風，並被轉到颱風中心的危險情形，詳細地向她訴說。

「海軍既然這麼危險，」郭雪熱情依偎在我懷裡，似小孩子的口氣說：「你可以辭職不幹了，以你的才幹，不怕找不到工作。」

「國家栽培我，就是要我保國衛民，現在國家正處在艱困環境中，妳怎麼能要我做逃兵哩！」

「我不是要你做逃兵。」她親了我一下說：「我是為了你的安全。」

「有妳在我身邊，我一定安全。」我想逗一逗她說：「很奇怪，當我在海上和大浪搏鬥時，我對大浪說，你如果敢把我吞掉，郭雪絕對不會饒你，大浪就立刻平靜了。」

「真有這種事？」她大笑問：「既然是我救了你，你要如何謝謝我？」

我將她抱起放在床上，解開她的衣裳，兩人裸體進行了魚水之歡後問：「這樣謝妳，應該滿足了吧！」

「你不但是多才多藝。」郭雪微笑而含情脈脈地說：「床上功夫也是一流的。」

「這個功夫，也是海軍訓練出來的。」我以玩笑口氣說：「所以不能離開海軍，如果離開，這個功夫就沒有了，妳的損失就大了。」

「我雖然出生台灣，台灣確實是一年如春的寶島。」郭雪似乎在轉換話題說：「我還是比較喜歡美國的夏威夷。」

「有何理由？」我想試探她喜歡夏威夷的動機。

「夏威夷被稱為福地，就是因為沒有蛇、沒有地震、沒有颱風。」郭雪接著分析說：「蛇的有無，尚無大礙。地震雖然殘酷，但並不常發生。颱風每年都有，高雄曾被『賽洛瑪』颱風吹得面目全非，損失慘重，令人有聞颱色變。雖然台灣和夏威夷有很多相似的地方，可是，造物者並未給予這兩個島嶼的同等待遇。」

「妳既然喜歡夏威夷，」我猜想她是因為我遇到颱風險遭不測而引起的聯想，同時主要還是耽心我的安全，所以我也以安慰她的口吻表示：「將來退休後，我們到夏威夷去養老！」

「你說話要算數！」她拉起我的手，又玩起「拘手指蓋印」的遊戲。

18 蔣經國在艦上要吃海軍牛肉麵

海軍總部認為我的戰功與服務成績甚優，所以晉升為上校並發表擔任洛陽軍艦艦長。

洛陽艦係美國建造，原為美國海軍驅逐艦，成軍後曾參加第二次大戰中多次重要戰役，榮獲團體勳獎四次。一九五四（民國四十三）年二月二十六日移交我海軍，命名為洛陽軍艦。

蔣中正總統在八二三砲戰前夕，特別指定搭乘該艦到金門、馬祖等地巡視國軍防務。而且也被指定專送蔣經國到外島巡視，他尚曾在洛陽艦的甲板上，歡樂教官兵們唱「兩隻老虎」歌曲。

金門八二三砲戰爆發，洛陽艦曾冒著中共砲火的威脅，掩護運補艦隊，為國家打贏了一場勝仗。

洛陽艦還曾經與美國海軍第七艦隊，共同執行基地訓練和聯合操演，我官兵高水準的戰技，獲得美軍指揮官高度評價，為我國海軍掙得榮譽與尊嚴。

洛陽軍艦有二百七十五名海軍官兵，分別負責各種機械武器設備。艦上有四部鍋爐，馬力六萬匹，速率三十餘節。電腦系統同時控制八種武器，包括攻擊海面的雄風飛彈、攻擊潛艇的八管反潛火箭及魚雷、艦首的快砲、艦尾的方陣快砲等。

當時陽字號軍艦，是海軍主力戰艦，凡是在此種艦服務的官兵，大家都投出羨慕的眼光，我能被派到陽字號的洛陽艦擔任艦長，既感到光榮，也感到責任重大。

我為了加速認識官兵，除了精進戰備訓練，並親自批閱官兵的日誌，同時召見官兵深入面談，凡對艦務有利者都接納而帶頭推動。海上航行時，不論風浪多大、時間多長，我均坐陣駕駛台，與官兵同心合力完成各項任務。

洛陽艦因為是海軍第一艘完成恢復及改裝武進系統的飛彈驅逐艦，所以火力猛、速度快、戰力強，因此，海峽偵巡、外島運補護航、巡弋警戒等任務，多由洛陽艦擔任。以致一個月要出港在海上執勤二十五天，經常回港一靠碼頭補給後，又奉令啟航出海。

蔣經國不但重視和關心該艦，對官兵生活更關懷，所以經常到艦上巡視。

「李艦長！」蔣經國有次到艦校閱飛彈打靶演習後對我說：「聽說海軍艦艇上的牛肉麵是一流的，今天你就請我吃一碗牛肉麵吧！」

我當時非常緊張，因為艦上沒有準備新鮮牛肉，如何做牛肉麵給他吃。我只好硬著頭皮把炊事班長叫到餐廳。

「上次的牛肉麵是你煮的嗎？」蔣經國看到炊事班長，我還沒有開口，他就笑著問。

「報告長官！是的。」

「你的牛肉麵是如何做的？」蔣經國依然笑著問。

「艦上因為沒有新鮮牛肉。」炊事班長怕被責怪，緊張地回答：「我只好用罐頭牛肉煮。」

「我就是最愛吃這種海軍的罐頭牛肉麵。」蔣經國並站起身用手拍了拍炊事班長肩膀含笑說：「真的很好吃，謝謝艦長。」

從蔣經國愛吃海軍罐頭牛肉麵的過程中，等如上了人與人相處的一課，同時更明瞭政治人物收攬人心的手腕，而我也從中獲得啟示：帶兵一定要帶心。

由於洛陽艦是艘新式飛彈驅逐艦，寫下了不可磨滅的功勳與輝煌的史蹟，因而受到最高統帥的重視，所以該艦歷任艦長中，有三位先後升任海軍總司令，成為洛陽軍艦傳為美談的佳話。

我服務大眾矚目的洛陽艦上，格外努力管理操作，接受任何任務，均全力率領官兵圓滿完成，所以，我似乎是以艦為家，和郭雪結婚雖不久，兩人依然是聚少離多，但她一點怨言都沒有，兩人每次短暫相處，情愛反而勝新婚。

今年中秋節，洛陽艦正巧回到左營港整補，為了慰勞郭雪經常獨守的孤寂，我特別請假兩天，陪她到高山武陵農場賞月。

「郭雪！」我踏進家門說：「明天是中秋節，我帶妳到高山去看月亮好嗎？」

「那個高山？」

「武陵農場。」我說：「陶淵明說的桃花源，也不一定比得上武陵農場的風光。」

「我們開車去。」郭雪高興地說。

「明天早上走。」我叮嚀：「山間晚上很涼，要帶些禦寒的衣服。」

翌日早晨，我們開車到台中，然後循梨山往宜蘭線上，車行四公里，即折入武陵農場的專道。這條路沿溪而下，兩岸山巒重疊，盡見懸崖掛嶂；溪水環繞，縈迴彎曲，潺潺淙淙，彿彷在演奏「迎賓曲」。車行其間，柳暗花明，輕風夾著芬芳的氣息，撲鼻而來，令人有飄飄然之感。

「李西！這地方實在太美了，所謂的世外桃源，大概也不過如此。」郭雪讚美地說：「你真會選！」

「蔣經國擔任國軍退除役官兵輔導會主任委員時，為了開闢橫貫公路，他經常翻山越嶺，發現這處景物不凡的地段，乃指示開築武陵農場。」

我接著向郭雪介紹武陵農場開闢的過程：「蕭仲光將軍遵照蔣經國主任委員的指示，率領一批榮民，荷鋤戴笠，在此荊棘封途，蛇獸雜居的地方。經過近二十年的胼手胝足，克服了惡劣環境；披荊斬棘，戰勝了自然。如今，來此觀光客看到這幅天然彩色的世界，對榮民們的拓荒精神，和創業信心，莫不表示由衷的敬意！」

「這真要感謝蔣主任委員，因為他的遠大眼光，不但使此處成為觀光勝地，而且使榮民有此美好環境安居樂業。」郭雪問：「聽說此地生產水果很出名，不知好吃的是何種水果？」

「此地出產的水蜜桃最有名，因為水分充足，質味香甜，不僅馳名中外，也堪稱水果之王。」我說：「妳不是很喜歡吃水蜜桃嗎！這次不要錯過機會。」我們車行半小時，橫跨武陵溪上的萬壽橋就顯現眼前，正好擋著進入武陵農場的隘口，像似一位「把門將軍」。橋頭右邊的山腳，塑有一尊彌勒佛，張著笑口，挺個肚皮，神情慈悲，生動自然，使長途行車勞累的觀光客精神為之一振。

橫在佛前的沿溪小徑，外架紅色欄杆，點綴於翠綠之中，顯得格外雅緻。前行百多公尺，有三亭連立，面對清澈溪流，左右綠蔭低垂，置身其間，塵念全消。從前蔣中正總統每次到武陵農場，都會在亭中靜坐片刻。

車過萬壽橋，即循河岸進入武陵農場的腹地，行政區前面的巨石上，屹立一隻張著大口的獅子，外貌兇猛，神態驍勇。國畫大師張大千特在石旁的大石上，親題「醒獅園」三個大字，兩相襯托，益增宏觀。

行政區是武陵農場的中心，四面輻射，不是草園就是菜園。山區景色，四季不同，一至二月間，高山積雪，反映四週，整個大地有如銀裝世界；三到四月，滿園桃花，遍野杜鵑，一片燦爛，盡見紅白爭妍；六至七月間，水蜜桃成熟，倒掛枝頭，肥潤欲滴，遠傳清香，沁入心脾；八到九月，則為梨與蘋果的收成季節，纍纍果實，成排成串，清香撲鼻，誰不垂涎？

武陵農場後十公里處，在國父孫中山的山峯下，有一道隱瀑，沿著瀑軌，飛瀉而下，水花四濺，彩虹相映，美麗壯觀。崖壁右邊，趙恒惖大書「煙聲」兩字，蒼勁挺拔，氣魄雄偉，名家手筆和自然景色，相得益彰。行蹤至此者，莫不徜徉眷念，流連忘返。

蔣中正總統曾稱讚：「梨山風景甲台灣，武陵風景甲梨山」。確實不假，不少人到過梨山，曾為梨山的景色所陶醉，但如再到武陵，才相信武陵要比梨山更迷人。

我和郭雪遊覽武陵農場後，一致認為此處精萃，全在煙聲瀑布。因為立在瀑布之前，盡見四山環抱，細水迴繞，森林蓊鬱，蔽日遮天，阡陌縱橫，碧翠如茵，果樹林立，風姿挺綽。假若陶淵明仍在世，定會為此真實的「世外桃源」，感到驚訝，也感到喜悅。

晚上，我和郭雪在觀光大飯店陽台上賞月，不僅是「月到中秋分外明」，彷彿皎潔明麗的大月亮，就在頭頂上，伸手可摘。

高山的夜晚，寧靜得有如我曾駕艦進入颱風中心般可怕，不過，今夜中秋不同往年的，我懷中抱著多情亮麗妻子郭雪，雖然四週環境寧靜無聲，但郭雪不時給我深吻，在無聲寧靜中更顯得溫暖。

「李西！聽說嫦娥奔月的故事有不同的傳說。」郭雪抬頭望著大而亮的天空月亮問我：「到底有幾種？」

「嫦娥奔月的傳說雖然有不同的說法，但我認為有正反兩種傳說較為有意義。」我分析：「正面的傳說：古代有十個太陽一齊出現在天空，曬得土地乾裂，海水枯竭，人不聊生，這時有位叫后羿的人，大力無窮，能拉開萬斤大弓，射殺各種猛獸，他同情受日曬之苦的大眾，就舉起大弓，將九個太陽射下，因而解除民眾受日曬的痛苦，造福人民，后羿的名字就傳遍天下。後來娶了美麗體貼人意的妻子叫嫦娥，夫婦兩人十分恩愛。有位老道士敬佩他的為人，在打獵途中送了一包長生不老的仙藥給他，並告訴他，只要吃了這包藥，就可成仙昇天。后羿回家後，就把這包長生不老成仙昇天的藥，交給妻子嫦娥保管。可是，后羿徒弟逄蒙想偷吃這包仙藥，趁后羿上山打獵時，偷溜回來強逼嫦娥交出仙藥，嫦娥在迫不得已之下，就將仙藥全部吞下，立刻身輕似燕飛奔到天上月亮裡去了。這天正巧是八月十五，於是她的丈夫和鄉親們每年在這天，都會在月下擺水果祭月，表達對嫦娥的思念，自此世代相傳，後人就將八月十五定為中秋節。」

「那反面的傳說故事內情又怎麼說？」郭雪聽得甚有興趣地追問。

「后羿將太陽射下後，被人民擁戴為王，但他剛愎自用，毫不體恤人民，大家都敢怒不敢言。後來人民聽說后羿派一名道士向王母娘要回一包仙藥，可以長生不老，引起人民十分恐慌，耽心將受后羿的殘暴永無休止。后羿的妻子嫦娥非常同情人民的處境，就把仙藥偷偷地吃了，立刻身輕如燕飄然地向月宮飛去。」我問郭雪：「妳欣賞那種傳說？」

「我喜歡嫦娥為了解救大眾恐慌痛苦，將仙藥偷吃昇天救民眾的傳說故事。」郭雪問：「你喜歡哪種呢？」

「嫦娥奔月的故事，我不太在意。」我回答：「我欣賞八月十五中秋節吃月餅的傳說故事。」

「中秋節吃月餅，我是知道。」郭雪興趣更濃地追問：「吃月餅的故事，我不清楚，你快說給我聽！」

「古代北方遊牧民族向南侵犯，占領中國而改國號為大元。為了壓迫漢人，他們將二十家編為一甲，派一個蒙古人當甲主，監視漢人。有好吃好用的食物用品，都要給甲主享用，因此漢人背後都叫甲主為韃子，那就是野蠻人的意思。漢人在韃子剝削、欺壓之下，日子實在過不下去了。後來有位多才有謀的鐘公公想出了一個辦法，做餅祭神求平安，於是，要家家戶戶拿出麵粉做餅，餅做好後，送到一村一村分給漢人，並要求在八月十五皎潔月光下吃月餅，當大家在月光吃餅時，每個人都發現月餅內有張字條，上面寫著：『吃月餅，殺韃子』。結果，監督漢人韃子同時在月夜被殺光，漢人也就團結起來，把欺壓漢人九十多年的蒙古人趕回北方去了，接著建立一個新朝代稱為明朝，掀開了中國歷史的另一頁。」

「雖然吃月餅殺韃子的故事，顯示了團結就是力量，但是血腥味太濃了。」郭雪說：「我還是喜歡嫦娥為了犧牲小我、完成大我的精神，將仙藥偷吃昇天挽救蒼生。」

「不論中秋節傳說的故事有幾種，但是，幾千年來，嫦娥在人們印象中，既美又俏，她的傾城國色，成為女性美的代表。」我以惋惜口氣說：「科學家們太無聊了，何必要阿姆斯壯上天登入月球，證明月亮裡並無嫦娥，破滅了中國人幻想中的嫦娥故事！」

19 李西因功晉升艦隊副司令

時代不斷向前轉動，科技亦隨著日新月異，海軍艦艇也逐漸淘舊換新，在海軍榮耀一甲子的陽字號軍艦，駛過青澀的歲月，邁向夕陽餘暉，老陽字號如鋼錨鐵鍊的堅固連結，忠誠戍守，共同攜手打造了海上長城，寫下「陽字號」艦隊快準狠穩的傳統、紀律、榮譽與戰蹟。

如今，老陽字號隨著堪用程度而先後除役，除役後也被充分利用，有的拆卸結構重組他用；有的將武裝配備當教學工具、有的沉入海底作為人魚礁或為試測靶艦。

洛陽軍艦也在淘舊換新的要求下退伍除役。除役典禮當日，最令人感動的是，竟有七十位「老洛陽」的榮民前輩們共襄盛舉，大家除了回憶暢談過去甘苦共嚐的海上生活，對洛陽軍艦的不捨之情溢於言表。

我也奉令調往艦隊司令部代理副司令職務，該職務是少將編階，我明白這是上級栽培的用意，而且我在洛陽艦長任內，試射飛彈時，多次精準擊中靶船及飛靶，曾贏得「洛陽神艦」的美譽，因此，上級要我代理副司令之職，將來全力監督訓練新來的「陽字號」軍艦，使海軍戰力革新而永續不斷。

我接新職後，郭雪最高興，因為她再不需耽心我每次出海的危險，而且，今後我每天都能回高雄和她相聚。為了彌補結婚後使她耽心操勞，我除了特別任務外，每天一定趕回高雄家裡與她共用晚餐。她每天準備好晚餐後，不論我遲到多久，也不顧自己餓多久，一定等我回家兩人對坐餐桌用餐。

我和郭雪，每天用完晚餐，風雨無阻地到居家附近的愛河散步，尤其喜歡雨天，兩人手挽手共撐一把雨傘，情話綿綿，有時在傘底下深情輕吻一下，這段日子，不但使我倆真正享受了夫婦的甜蜜生活，更使我倆互相愛護對方的情意更加濃郁。

週末或假期，郭雪更會事前規劃安排南部各名勝風景區遊覽。

「郭雪！妳對佛教的看法如何？」我試探的地問：「大概不排斥吧！」

「我雖然到美國留學，但過年節或有關慶典，我父母移民美國後，依樣要祭拜祖先，這種祭拜的儀式，多少就是接近佛教，所以，我對佛教怎麼會排斥哩！」郭雪瞪著大眼睛望著我問：「你今天為什麼問這個問題？」

「有位好友介紹我到佛光山一遊。」我解釋說：「既然妳接近佛教，下週假期，我們就到佛光山一遊。」

「聽說佛光山建設得很雄偉，現在成為南部觀光重點。」她問：「我父母曾說，台灣的寺廟最多，人民供奉的菩薩也不少，到底有多少，你知道嗎？」

「泰國曼谷雖然公認為世界的佛都，全市有五百寺廟。可是，台灣省卻有寺廟五千二百五十一座，還不包括台北及高雄兩市。其中，光是台南縣就有五百九十四座，幾乎五步一寺，十步一廟，即使曼谷佛都，也遜色不少。」我依照看過有關資料說：「台灣五千多座寺廟中，供奉的神以菩薩論，就有三百三十四種。因為，不管是神農、關公、岳飛、媽祖、水來公、順水媽、石母娘、五瘟神、松樹王等，全都被視為膜拜的對象。」

「傳說佛光山是由星雲大師身無分文建起來的，這是真的嗎？」郭雪半信半疑地問。

「是真的，好友告訴我，星雲大師確實是位傳奇人物。」我接著轉述：「星雲大師生長江蘇省江都縣，十二歲就出家。後來到台灣，分別在基隆、宜蘭等地習佛，當時身無分文，一封家書三年都寄不出去，因為，他沒有寄信的一毛錢郵票費。還有一次，他清晨正在打掃庭院時，有人詢問尋找路途方向，大和尚事後知道，指責此處沒有他說話的份。他解釋不是他先開口，而是路人先問，怎麼好不理人家。大和尚認為他是頂撞，不由分說，用手重打了他一記耳光。或許是佛教這種峻厲法戒，將星雲大師錘鍊成堅定不移的性格，奮鬥不懈的精神。後來，星雲大師遊化到佛光山，慧眼所見，下定決心，赤手空拳，在此立下建佛光山的宏願。」

週末，在好友導引下，我和郭雪從高雄經鳳山，即進入佛國的境界。

好友向我們介紹：佛光山位於高雄縣大樹鄉，佔地五十多公頃，當時，這塊荒丘，荊棘封鎖，人跡不到，民國五十六(一九六七)年間，星雲大師遊化發現此地，即率眾弟子，批荊斬棘，雖然赤手空拳，仍憑著天助人助，十幾座廟宇和房舍，均按設計圖案先後落成，開闢出壯麗雄偉的佛光山，不僅是佛教聖源地，也是觀光風景區，觀光客到了南部，都會登山瞻仰一番，留下美好豐富的回憶。

我們進入佛光山入口處，顯在眼前的是尊盤膝而坐的彌勒佛，挺著大肚子，滿臉笑迷迷的鎮守著大門。接著，迎面而立的一座開山紀念碑，中書「佛光山」三個斗大的紅色字，等如告訴遊客，大家已到達目的地了。

真正代表佛光山迎接賓客的，應該是接引大佛，這尊高有一百二十二尺的佛像，左手下垂作迎迓狀。接引大佛周圍環立四百八十尊小佛，渾身塗金，與朝陽或暮霞相映，毫光萬丈，無比莊嚴，令人有如投身於佛國之感。

走過此處，就可看到寬有一千多坪的觀音放生池，池中有個和愛島，島上站立一尊高有丈餘的觀音大士，臨池盼顧，惠及生靈，每逢佛誕或節日，不少佛門弟子攜帶水族上來放生。

大雄寶殿，位於佛光山的中心地帶，建坪一千零八十坪，純中國宮殿式建築，氣派雄偉，外貌巍然，正中供奉三寶大佛，均盤膝而坐，四壁供奉的釋迦牟尼，卻多達一萬四千八百尊。由於佛像的莊嚴慈祥，殿堂的堂皇壯大，不論是否佛門信徒，立身佛像前，莫不肅然起敬。

位於大雄寶殿右手的大悲殿，殿高六十公尺，建坪二百三十坪，其中供奉二十尺高的白衣觀音大士像，仁慈祥和，可觀可敬，四周並供奉一萬尊觀音聖像，放眼四望，盡是大慈大悲的觀音菩薩，此殿因而得名。

左手的大智殿，與大悲殿正好遙遙相對，外形大小均相似，彷如大雄寶殿的左右翼。殿中供奉文殊師利菩薩，此佛曾為眾生說法，故有大智。

大智殿的兩旁有四棟大樓，分別題名馬鳴樓、龍樹樓、無著樓、世親樓，亦即佛光的男眾部所在地。

來到佛光山，如果不參觀「佛教文物陳列館」和「淨土洞窟」，那麼只知佛教的形表，無以洞察其內涵。

這兩座屬於「隱形式」的建築，處於山麓的肚子內。陳列館位於淨土洞窟的頂端，佔地約八百多坪，計有十八室，其中多為海內外教徒獻贈的久藏文物，均極珍貴，在性質及價值上，足可與故宮博物館相媲美。

走進淨土洞窟，進出入口分處於「不二門」的腳下，從右洞入，左洞出，在此凵字形洞窟中，有三個不同的景觀：東面是祇園精舍；為弟子講解阿彌陀佛的盛況，其間有一千二百五十俱人像，不論是文殊、彌勒、舍利佛、目建連，莫不栩栩如生，傳神之極。

中間橫道部分，係描述九品德生情形，全景正如「心地觀經」所云：「有情輪迴生六道，猶如車輪無始終。」

西面則為極樂世界的造型，其間有西方三聖、四色蓮花、七重行樹、眾鳥說法、善人俱會等結構，身歷其境，彷佛真的來到西天佛國。

我和郭雪參觀佛光山後，對佛教有了更深入的認識，佛光山有如一部佛教經典，能為大眾解開對佛教不少疑惑。而且，目前出家佛光山的僧尼，大部分受過高等教育，也有部分還曾在海外留學，所以，他們對佛學和文藝，不僅均有獨到的見解，也有相當深的修養。

「他們都是自願皈依佛教？」郭雪突然問我的好友。

「都是受佛教感動，真心誠意到佛光山出家。」好友說：「佛光山有位永楷法師，本姓梅，其父兄均是在加拿大經商的澳籍華僑，家庭生活優裕。她讀完大學，遊罷歐州，又走遍東北亞，當她來到高雄佛光山，實地觀賞各種建設，又聆聽了星雲大師多次弘道演講，她不再雲遊了，決心留在佛光山皈依佛門。」

引導我們參觀的法師，也向我們說了一個故事；有一對男女，由熱戀而至論及嫁娶。因信仰不同，女方家長不同意。如果要娶他女兒為妻，必需是個虔誠佛教徒，男方因愛他的女兒，所以答應信佛教。一個月之後，少女向父母哭訴：「完了，一切都完了」。他父親追問下，才明白他女兒熱戀的男子，已經取消結婚的念頭，決心削髮為僧了。

我和郭雪參觀佛光山，以及聽完好友所說出家故事，對佛教肅然起敬，也羨慕那些出家的僧尼。

我和郭雪回家後，她突然問我：「你參觀大雄寶殿，嚴肅尊敬三寶大佛，不知有沒有許下心願？」

「有！」我誠意回答：「盼望郭雪為我生一個小海軍。」

「你偏心，小海軍當然是男生。」她含笑說：「希望有位小公主。」

「不管是男或女的。」我用手按著她肚子上說：「只要裡面有就好了。」

「只有我的肚子還是不夠。」她似乎含有激將口氣說：「你也要負一半的責任。」

「這是我倆共同責任。」我把她拉進懷裡深吻後說：「我倆共同加油！」

20 郭雪成婚後已有身孕

「李西！今天有好消息要告訴你。」郭雪含著高興地口氣在電話中說：「你一定要回來吃晚餐。」

下午，我下班即趕回家，踏進大門進入餐廳，餐桌上擺妥豐盛的菜，配有酒杯，而且備有蠟燭，將房間襯托得更有情調。

「今天好像真有大喜事？」我看著滿臉笑容的郭雪問。

「你聽後，保證高興得會跳起來！」郭雪把蠟燭點亮，並將甜酒倒滿酒杯後，用手指著自己肚子笑著說：「我有了！」

「懷孕了？」我以為她在逗我開心，所以明確追問。

「醫生檢查後，證實懷孕兩個月了。」

「謝謝妳！」我端起酒杯向她說：「我敬妳，為我努力了半年。」

「我敬你」。郭雪舉起酒杯說：「謝謝你半年來的加油，才能讓我倆獲得盼望的成果！」

「為了養好我們的小寶寶，我想應該請位家傭來幫忙家事，妳說好不好？」

「謝謝你的關心。」她回答：「我從醫院檢查獲得證實後，第一個知道喜訊的就是我爺爺，他已請我家一位照顧產婦有經驗的遠房親戚來幫我，明天就來我家。」

「今後我們每天要到愛河散步。」飯後我倆在愛河畔漫步時，我關心地說：「聽說產婦在產前多散步，尤其是初胎，將來生產時，比較順利而減少痛苦。」

「你倒懂得不少！」郭雪溫柔挽著我手說：「那麼你就天天要陪我散步！」

「我不但要陪妳，也要陪我們的小寶寶。」我微笑地說：「這是一舉兩得的生意呀！」

郭雪懷孕後，除了重要任務外，我儘量回家陪她，加上郭家遠房親戚視郭雪如自己兒女般熱心侍候照顧，使我無後顧之慮。

21 張娜突然到台灣找李西

「報告！」侍從官步入辦公室說：「副司令，有位女客人要見你！」

「女客人！」我奇怪地問：「她叫什麼名字？」

「她沒有給名片。」侍從官說：「她只說是副司令的老朋友。」

當我步入會客室，內心一征，一位有著與郭雪外貌身材酷似的婦女坐在會客室內，我踏進後，她也起身老練伸出手，我也只好禮貌握了一下。

「你不記得我？」她回坐含笑地問。

「妳是張娜！」我從記憶找回曾經熟習的影子，驚異地以試探口氣問。

「我是你在上海時認識的張娜。」張娜微笑說：「你還記得我，二十幾年了，我們算是老朋友。」

「請妳等一下。」我知道她曾生活在大陸，今天突然現身我面前，而我又擔任海軍重要軍職，以我的經驗，在未摸清對方前，就算是老朋友，也不得不提防，所以我以徵求口氣說：「我去交待一下，我們換個地方談好嗎？」

「請！」張娜用手一擺，臉上依然顯著笑容說：「客隨主便！」

我帶著張娜到左營海軍軍區內的「四海一家」餐廳部，找了一間靠窗又清淨的小房間，兩人入坐後，我禮貌地徵求她要吃什麼菜？她仍然含笑回答：客隨主便。我為了避免點菜的麻煩，就要了最好的套餐。

於是，我和張娜邊吃午餐、邊展開暢談分別二十年的往事，相信兩人內心均感慨萬千！

「我知道你現在是海軍傑出的人才，不久是位將軍，前途不可限量！」張娜直率地說：「你不必耽心害怕，我明白台灣正在嚴加實行保密防諜措施，我雖然是由大陸出來，可是，我的家人全毀在中共手裡，我還能幫忙替他們工作嗎？」

「妳今天來找我。」我試探地問：「有事要我協助嗎？」

「一定要有事才能找你嗎？」張娜顯出不樂表情說：「我們是二十多年的老友，你難道忘了！」

「我怎麼會忘記！」我想轉換話題，也想探一探上海別後，她在大陸的情況，因而直率告訴她：「妳知不知道！鄭玉良在上海失守而投向中共進入海軍，後來在香港附近的海山衛島偷襲國民黨的海軍艦艇，因此，鄭玉良受了重傷，於搶救醫治前，我去看了他，不過他臨死前，留下一句話：他說『對不起張娜』。」

「他投入中共海軍，我是知道，但不知道他已戰死了。」張娜瞪著一雙大眼睛看著我，怒氣沖天似地說：「他害得我家破人亡，一句對不起就算了！我真的恨得要剝他的皮，才能消我的氣！」

「他做了什麼對不起妳的事？」我關心地問：「當時在上海峨嵋艦離開前，在碼頭上妳曾吐露懷孕了，要我設法協助鄭玉良跟妳走嗎？」

「那個時候，我有兩個月身孕，但是，你隨軍艦離開後，上海不久就被中共接管，在局世混亂中，我就與玉良結為夫妻，原想好好把孩子生下來，可是，不到半年時間，鄭玉良劣性難改，吃喝嫖賭樣樣來，他又無專長，學識又低劣，每天和不三不四的人混在一起，經常回來向我要錢花用。後來，當我的錢被榨光，就強迫我向父母要，我堅持不答應，他居然動手揍我，我被打倒在地上，他還狠心用腳踢我，以致使我流產，差點我也送命。」

「想不到，鄭玉良這麼壞！」我聽到張娜的訴述，突然憶起在上海放鄭玉良離開時，看著張娜美麗動人身影曾惋惜「鮮花插在牛糞上」的心底話。

「壞的還在後面哩！」張娜憤恨得兩臉漲紅地說：「我父親因不捨離開年邁的母親，也就是我的奶奶，所以未隨著中華民國政府離開大陸，僅躲避到老家蘇州。當鄭玉良打傷我沒有要到錢，而他又欠了一大筆賭債，一些不三不四的人緊逼討賭債，他在走途無路時，向中共檢舉，指我父母正安排偷跑到香港再轉去台灣，並且帶著招商局不少美鈔及黃金。中共就根據鄭玉良檢舉線索，找到我的父母，並逼迫交出所謂的黃金美鈔。我父親雖然是上海招商局的總經理，為人一向正派，手中當然沒有大批黃金美鈔，中共不信，不斷審問並遊街示眾，首先使我奶奶嚇得上吊自殺身亡，我父母不斷被羞辱加上我奶奶自殺的刺激，兩人也在牢房撞牆自盡了。」

「鄭玉良真是該殺！」我更關心張娜的痛苦和遭遇，同情地問：「妳也受到不少委屈吧？」

「我還算幸運。」張娜眼睛含著淚水追憶訴說：「當我奶奶和父母先後自殺往生時，我也想結束自己的生命。很巧正在此時，從前教我英文的美國教授，知道我的遭遇和危險，一方面安慰我，一方面設法營救我。他先把我收留藏在他家裡，同時拜託他的好友幫忙。」

「他的好友對中共有影響力嗎？」我依然關心追問：「後來他們如何協助妳脫離危險境地？」

「我教授的好友是服務美國駐上海大使館海軍武官，同時也是負責情報工作，和各方面關係不錯，中共也好像買他的賬。」張娜說：「後來，我教授和他好友商量，為了使我能永遠安全，最好能和他這位海軍武官好友來個假結婚，也就是我在表面上成為武官的妻子，中共就不敢再動我了，我因有美國武官這張保護傘，我就更安全了。」

「妳答應了這個假結婚的方法？」

「可能你不相信，我答應這個方法，有兩個原因；一個是我父親也學航海的，也做過商船船長，所以我對海軍從小就有好感。另一個原因，就是能成為美國公民，然後藉機會到台灣來找你。」張娜說：「那位武官雖然年紀較大，但他和太太卻早離婚了，所以，開始我是他的假太太，後來相處久了，他真心的愛上了我，對我百依百順，我為了達到去美國居住的目標，我表面上也對他顯出愛他的動作，後來，他對我的愛，就像父親對女兒般愛護。」

「妳說要利用美國武官，想到台灣找我。」我奇怪不解地問：「妳這樣千方百計要找我，又是為了什麼？」

「我的一生被毀，雖然是自找的，但你也要負一半的責任。」

「我要負責！」我更感到不解地問：「為什麼？」

「我初識鄭玉良，雖然他外表還算不錯，最討好的是海軍，我說過從小就對海軍有好感。」張娜嚴肅繼續說：「後來和鄭玉良通信後，不但感到他的英文流利，中文更是精彩，這種才識，更使我傾心，所以他要求我時，我也就顧不得後果將我的第一次獻給他，以致懷孕。」

「妳說的這些，與我有什麼關係？」

「你還不承認！鄭玉良全部都告訴我了。」張娜似有生氣表情顯在臉上說：「給我的情書，全部都是你代他寫的，而且，更不應該的，你還替他騙我，他是海軍軍官，還是你海軍官校的學弟。」

「妳受騙遭受的痛苦犧牲！」我代寫情書的事被張娜揭穿後，頗感不安，也想不出安慰她的適當言語，只好無奈地說：「我非常抱歉！」

「我的一生。」張娜冷笑表情地說：「只換得抱歉兩個字，未免太不值錢了吧！」

「妳要我如何補償？」我真心誠意地說：「妳說，只要我能力辦得到，絕對答應完成，以彌補我對妳的愧疚。」

「好！我們一言為定。」張娜聽我說完要幫助她的話，似乎顯出高興的表情，含笑地說：「明天在高雄，你請我吃一頓豐盛的晚餐。」

翌日，我開車到約定的地點接張娜，到高雄市最有名氣的一家日本料理店。

張娜依然留著長髮，戴上淺色眼鏡，穿著緊身白色短袖襯衫，下著白色長褲白鞋，身材雖較從前稍微豐滿，但挑高身段仍舊亮麗動人。

「妳喜歡日本菜嗎？」我倆進入包廂坐定後問。

「我喜歡日本菜的量少精緻。」她含笑說：「吃日本料理，最好要配日本清酒，才夠味而有日本氣氛。」

「妳很內行，經常上日本餐廳。」

「我那位假戲真做的武官丈夫，在世時最喜歡吃中國和日本的菜。」張娜似乎要逞示本領地說：「我不但喜歡吃，而且也會做中國和日本的菜，有機會，我親自做幾樣給你品嚐，我的手藝也不輸大廚師喲！」

「我倒想品嚐妳這個大廚的手藝！」我趁機探詢：「妳那海軍武官不在世了？」

「是的。」張娜說：「我和他假結婚後，不久他就奉調回美國，我也就隨他同去。當我取得美國公民身分時，他卻患了鼻腔癌，為了感謝他救我脫離危險平安到美國，在他與癌症醫療的一年期間，我也盡心照護服侍他，所以他深受感動，臨終就把全部遺產給了我。」

「妳這次來台灣，還有其他要辦的事情嗎？」我誠心的說：「我現在尚有一點儲蓄，如果有需要，我決全力幫助妳。」

「我不是告訴你，我那位武官的丈夫，臨終已將全部財產給了我，經律師處理後，這筆錢，我今生也用不完。」她神秘飄了一眼說：「我是有件事，要你協助幫我完成隱藏心底的終生願望！」

「只要我能力做得到的，我一定協助妳。」

「你不後悔。」

「絕不反悔。」

「我要你陪我到台灣風景地區遊覽一星期。」

「可以。」我爽快地問：「妳想遊覽那些地方？」

「遊覽的地方，由你決定。」張娜亮出底牌似地說：「在遊覽一星期的日子裡，我要你暫時拋棄一切，像位新婚丈夫陪新婚妻子去度新婚蜜月一樣待我。」

「妳這個要求，簡直是夢想天開。」我有些動氣的回答：「我無法答應。」

「你無法答應？」張娜似乎也動怒地說：「你害得我的奶奶和父母、還有小孩，都送掉了性命，這點小事情，你都拒絕！」

「妳的家人犧牲，是時代的悲劇。」我說：「與我有何關係？」

「沒有關係？」張娜有些激動地說：「在上海峨嵋艦離開前，如果你不准鄭玉良開小差，我家就不會被檢舉，在我父親的安排下，全家可能平安逃到香港，也就不會送命。所以，你可說是間接的劊子手！」

「妳這樣論斷，並不公平。」我說：「我是有妻子的人，而且妻子已懷孕，在這個時候，我怎能背叛她！」

「我知道你有位賢淑美麗的太太，你也很愛她，你更是位盡責的好丈夫。」張娜壓低激動情緒，換了語氣說：「我父親初次見你，對你印象深刻，他曾對我說，要選終生伴侶，李西這樣的人才合格。可是，我只怪不能在鄭玉良之先認識你，這是命和無緣。不過，從那時開始，我內心就欣賞你，當你教我在黃浦江駕駛小艇、以及在我生日舞會中摟著我起舞，對你就升起愛慕之情，後來知道情書全是你代寫的，在才華與儀表誘惑下，我真的是愛上你。」

「這些都是過去的事，總而言之，是我對不起妳！」我以懇求口氣說：「讓我們回到現實好嗎？」

「我一生青春，只要換取一星期的快樂，你還不答應，未免太不通人情吧！」

「不是我不通人情，而是我不能做對不起妻子的事，否則，我就不配做妳父親所說的合格男人。」

「我去和你太太商量。」張娜似乎有步驟又含威脅口吻說：「將我們相識情況告訴她，請她答應將你借我一星期，我相信她會同情而答應。」

「不行。」我有些緊張地說：「妳這樣貿然去見她，使我無法向她交待，也會增加她不必要的疑心，妳難道忍心使我家庭受到打擊到破壞？」

「你既然怕家庭被破壞，太太懷疑。」張娜以堅決口氣說：「只要你悄悄陪我遊覽一周，我決定悄悄離開台灣，回到美國永遠不和你碰面連絡，這樣，你不但永遠保持完整的家，也永遠保持你太太對你完整無缺的愛。」

「妳說話要算話！」我衡量張娜說話的語氣、以及對太太郭雪的後果，決定兩害相較取其輕的方式，因而答應陪她去遊覽一星期，特以徵詢地口氣問：「妳想到那裡？」

「你既然要我決定！」張娜想了想說：「聽說台北的北投溫泉很有名，我們就去那裡觀光一下，你說好嗎？」

「我們就決定去北投。」我說：「明天我去請假，後天就動身，一個星期後回來。」

翌日，我向艦隊司令部辦好請假手續，回到家裡，並詎稱到北部出差一星期，這是我和郭雪結婚後首次所說的謊言，也是首次瞞著她陪另外女人去遊覽，感到萬分愧疚！

郭雪替我整理好衣服用品，並深情擁吻我一會，然後送我到大門，我也含著心虛地要她多加保重。

22 李西同意作張娜七天新婚老公

我趕到高雄市火車站，與張娜在約定咖啡室會合，然後搭特快火車前往台北。張娜打扮得異常端莊出色，加上她原有的高貴氣質，進入車廂時，吸引眾目爭視，好似觀賞一流名星，她依偎在我旁，不時含笑輕語，使人不斷對我投射羨慕的眼光。

火車抵達台北車站，我們換車到北投，進住預定的位於新北投公園鄰近新秀閣旅館。

「這旅館並不是現代化設備。」張娜因在美國生活甚久，仍以美國標準比較，當然北投旅館設備落後，所以她問我：「有沒有更好的。」

「妳不是嚮往北投的溫泉嗎？」我介紹似地說：「我友人替我定這家旅館，主要是它離溫泉源頭很近，所以使用的溫泉更好，等下妳泡一泡就知道。」

我和張娜用完晚餐，先到新秀閣旅館附近的新北投公園一遊。該公園位於兩山峽谷之中，依山為園，傍地成台，其中有繁花啼鳥，也有紅魚清池及湍飛的噴泉。由於該園地處溫泉的河谷，四周不斷升起水霧，而且溪流潺湲，綠蔭鋪地，實為旅遊勝地。

「這個新北投佔地雖不廣，但卻別有一番觀光景象。」張娜奇怪地問：「怎麼有那麼多妙齡少女，喜歡坐在機車上觀光看夜景？」

「那些少女不是觀光，是去上班。」我依據新聞報導的資訊轉述：「那是一種行業，叫做『限時專送』。」

「限時專送是什麼行業，是做什麼生意？」張娜甚有興趣地追問。

「北投區係屬陽明山管理局所管，而該區距離士林區總統官邸又近，由北投區當時政府就准許公娼經營，陽明山管理局為避免公娼在社會活動而影響官邸和社會風氣，所以特別准許公娼接客一律在轄區北投各旅社內進行，因此，尋芳客到北投，一通電話，經營公娼的就立刻以機車把妓女送到指定旅館。這種經營方式，既快速又便利，所以受到客人的歡迎。」我接著說：「郵政局有一種服務的郵件，因送達快速，就叫限時專送，尋芳客到北投叫妓女，公娼戶用機車專送，也快又專，所以大家就借郵局限時專送名詞形容代用。妳看到夜色中坐在機車後座女郎，多數是應召到旅社會尋芳客的。」

我和張娜遊完新北投公園返回旅館，踏進房間，我內心甚為尷尬，因為背著愛妻和另一個女人同房睡覺，總有一些犯罪的感覺。

「你怎麼訂有兩張床的房間？」張娜提出質問：「你不是答應要像新婚蜜月旅行般對待我。」

「我睡覺會打鼾，怕影響妳的安眠。」我裝傻似地說：「所以要兩張床的房間，以便各睡各的床。」

「你先去洗個溫泉澡。」張娜不再為睡床的問題爭論，然後接著說：「等你洗完，我要好好享受一下北投聞名的溫泉。」

我走進旅館的浴池，浴地比一般家庭用的大很多，因為兩個人入池還餘有空間，可能旅館設計讓客人洗溫泉時方便「鴛鴦戲水」。我在浴池中泡在溫泉裡，望著溫泉冒出熱氣，形成水氣在空間飄盪，似霧般充滿浴室，在朦朧裡令人另有一番情趣的感受。

突然，在浴室霧氣中，張娜一絲不掛的裸身走近溫泉浴池。她挑高的誘人身材，雖然吸引我的目光，但也使我驚惶失措。

「妳怎進來？」我含有緊張的口氣問。

「你不是答應像新婚蜜月般陪我一周嗎？」張娜跨進溫泉浴池含笑說：「我當然可以和你共浴。」

「張娜，我是有太太的男人，這樣，對妳是不公平的。」我說：「我也對不起太太，請妳不要使我有犯罪的感覺好嗎？」

「我向新婚蜜月的丈夫求愛，這有什麼不對？」張娜豐盈成熟裸體投入我懷裡說：「請你暫時放開一切，好好專心擔任我的七天老公。」

我也不是不吃魚的貓，這樣一條美人魚自投懷抱，自然心動，而且，她過去受到海軍上士鄭玉良的欺騙侮辱，我確實也有一半責任。如果我不替鄭玉良代寫情書，我不在關鍵時刻放鄭玉良離開峨嵋軍艦，張娜奶奶和父母可能不會犧牲。我思想至此，內心原有愛太太所產生的抗拒力量，就被同情憐憫的波濤沖滅，接著一股激動的情慾湧出，因此，我就用雙手緊抱住張娜，兩人在溫泉中激烈深情互相深吻良久。

然後，我用毛巾替張娜擦乾全身，抱往臥室，她也激動拉我倒在床上，兩人擁吻和互相撫摩，雙方情慾已達到頂點。

「張娜！」我在她耳邊輕柔說：「小弟弟要進去了！」

「李西！」她瞇著眼含笑回答：「門已開，歡迎進來。」

我兩經過一個多小時的「肉搏戰」後，張娜似乎享受了兩次「高潮」，所以，她異常滿足地依偎睡在我身旁。

「李西，你的儀表和才能，都是一流的。」張娜多情吻了吻我說：「想不到，床上功夫，更是特級的。」

「這就是海軍訓練的成果。」我也吻了吻她說：「不然，妳怎麼會那麼喜歡海軍！」

「明天你帶我去觀光什麼？」

「妳不是久仰北投的溫泉嗎！」我說：「明天應該去看一看溫泉的發源地，才明白溫泉是如何產生。」

翌日，我們就去探視溫泉發源地，張娜今天一身牛仔裝扮，頭戴鴨舌帽，配上深色太陽眼鏡，另有一種出色的風姿。我兩先到北投公園附近的溫泉瀑布，該瀑布係溫泉流水所形成，為世界所僅見。該瀑布高丈餘，溫水瀉流，嚨嚨響聲，勢如萬馬奔騰。熱氣飄揚，形如千里雲霧。溪畔綠蔭密布，小橋橫臥於上，遊人至此，小橋流水，使人油然興懷古之幽情。

接著，我兩到新北投車站附近的第二溫泉發源地，有人稱為「地獄谷」。該處周圍不大，係天原湧泉的「湯池」，池中有一地穴，狀似圓井，深不見底，每日湧出青磺泉數量，約有兩千公頃多，泉溫攝氏八十五之高，池邊立有「人畜陷入池中，絕無回生之望」的警告牌，因此而被稱為地獄谷。

該地獄谷因泉溫頗高，有人用鐵絲網裝著雞蛋，只要放進地獄谷溫泉中擺一下，不到五分鐘蛋就蒸熟可吃。

該處池面蒸氣四溢，遊客在池邊觀湧泉，聽泉聲，似有騰雲駕霧，身歷仙境之感。

然後，我又帶張娜到大屯山附近，觀賞北投的第一和三兩泉源。該處泉源共有大小井池二十六口，其中包括有天然噴發硫氣孔，自然湧泉，以及人工開鑽噴氣孔。於各噴氣孔的周圍建造水漕，使氣孔置於槽中央，再引大坑溪與關建隧道流入的清泉，匯流入槽中，利用噴氣孔所噴出的熱度，將泉水傳熱，地層中所噴出氣體，含有多種礦物質，溶解水中則形成溫泉。該溫泉再引沉澱池，加以澱沉，然後以陶管由重力作用，引送北投，分流各用戶和旅館使用，也就是大家慣稱的「泡湯」。

「李西，聽說溫泉與火山甚有關係。」張娜看完北投的溫泉發源地後問：「火山如何能形成溫泉？」

依據有關資料指出，「火山活動末期，仍有大量之餘熱，由地殼弱線噴出，適地下水滲入，與高熱的岩層相遇，或與岩漿內的水氣相扣，並溶解一些礦物質於水中，復流湧出地表，則成為溫泉。所以，溫泉具有溫度，含有礦物質的天然水。」我接著說：「北投溫泉與第四紀火山活動最為有關，該溫泉可視為後火山之作用，換言之，為岩漿活動的最末期現象。此溫泉又名硫氣泉及蒸氣泉，北投、陽明山、及台灣本島周圍海上的火山島等，均屬此類溫泉。」

「傳說泡溫泉可治療疾病？」張娜聽完我對溫泉轉述後，興趣更濃，所以認真地追問：「這些傳說是真的嗎？」

「北投盛產硫磺，從前居民多為土著，對溫泉認識缺乏，又不懂利用，而且當時在溫泉流域地區，作物遍受其害，故視為『毒泉』。後來，隨鄭成功前來的福建閩南人遂漸北移，頗識溫泉的性質，經過處理利用後，不但可供沐浴，更可治療濕疹、痔瘡、關節炎、神經衰弱、腫痛及婦人病等。」我說：「尤其在科技發展一日千里，經過不斷改進，北投泉水優異，冠絕全島，尤以白磺泉，為全省僅有之溫泉，俗稱『鐵湯』。」

「北投溫泉有這麼好，我倒要把握這幾天的機會，多泡幾次溫泉。」

「妳不能多泡！」我故意嚴肅地說。

「為什麼？」張娜不解地問。

「溫泉有美顏的功效，妳已經夠漂亮了。」我含笑說：「如果再泡溫泉美顏，不是要成了仙女！」

「你不願意我成為仙女？」

「仙女要到天上生活。」我別有含意地問：「妳捨得離開地球？」

「我不願做仙女。」她似乎領悟了我問話的含意，所以微笑地說：「我怎麼捨得拋棄在地球上尚有五天新婚蜜月的新婚生活享受！」

我和張娜看完北投地區溫泉發源處後，回到旅館晚餐，然後在房間享受張娜所謂的新婚蜜月生活。

「明天你要安排到何處觀光？」張娜依偎在我懷裡問。

「到陽明山。」我說：「那是一個很美的地方，總統夏季避暑，都要住在那裡。」

「總統選的地方。」張娜說：「一定不錯，明天倒要仔細欣賞一下陽明山的美麗風光。」

翌日，我們就往陽明山作一日遊。首先帶張娜參觀了中山樓。

「中山樓建設得確實富麗堂皇。」張娜讚美地說：「這棟建築，也充分顯出了中國古代宮殿式的雄偉壯觀。」

「中山樓是蔣中正總統親自督導興建的。」我說：「在施工中，光是一個大門的方向，據說修改了三次，現在只要站在二樓陽台向前遠眺，在視線上就有種舒暢無阻礙的感覺，所以蔣中正總統不但喜歡中國古代建築，也重視地理風水。」

然後，我陪張娜遊覽陽明山公園，該園由於地勢高，身置其間，可瀏覽山下一片建築道路景象，使視覺開朗寬廣，園中遍植樹木花卉，其中櫻花盛名遠播，每年有一花季，當櫻花盛開，吸引不少賞花人潮。

「那就是總統避暑居住的別墅。」我指著公園上方山腰間獨棟房屋向張娜說。

「這真是人間仙堂。」她望著別墅說：「我要是能和你相聚在此度過一生，也不枉到人間來一趟。」

「不要說傻話。」我被她真情有所感動，也情緒激動地說：「今天要好好慰勞我的新娘！」

「你要怎麼樣的慰勞？」她甚為高興地追問。

「妳不要多問。」我神秘含笑說：「等下妳就知道。」

我和她到陽明山公車站，親熱牽著她的手，走進車站旁的旅社。

「這裡面是幹什麼的？」她有些驚奇地問。

「這家旅社的溫泉，不論溫度和水質，都是一流的，妳不是喜歡泡溫泉嗎？」我笑著說：「我就讓妳泡一個夠。」

「謝謝新婚體貼的老公！」張娜好似迫不急待地踏入房間。

當我和她卸下衣裳裸身進入浴室，浴池頗大，浴池邊又寬，其作用是供遊客躺在池邊上，享受按摩業者方便進行按摩。同時，浴室四周和天花板，全部按裝鏡子，泡溫泉的遊客動作，可以從鏡子裡面反映，讓自己欣賞到自己。

「這真是一個奇怪的浴室。」張娜摟著我驚奇地說：「我要好好觀賞！」

我倆在溫泉水內開放心懷，盡情享受，經過一陣「鴛鴦戲水」後，我走出浴室，叫了一位技藝傑出的女按摩師，替張娜按摩。

我倆離開陽明山回到北投的新秀閣旅社，用畢晚餐進入房間，張娜熱情摟著我深吻後說：「今天是我一生中，最快樂、最難忘的一天！」

「張娜，妳把東西整理一下，我們明天離開北投。」

「為什麼？」她不解地問：「我們還有四天的新婚蜜月期。」

「為了妳對我的好。」我也動情地說：「明天要帶妳觀光阿里山。」

「就是那個歌曲裡面所說的『阿里山的姑娘美如水』的阿里山。」張娜興奮似地說：「李西，你對我真好，今天在陽明山旅社替我安排的按摩師，按摩技術真是一流，按摩後使我全身舒暢。」

「明天要去的，也就是歌曲裡面所說的阿里山少年壯如山。」我說：「妳如果喜歡按摩，我現在去替妳叫一位來。」

「我是喜歡按摩。」張娜頑皮似地笑著說：「我現在不要按摩師，我要你替我按摩！」

「能替這樣的美女按摩。」我微笑說：「是我的榮幸！」

「你按摩如果及格，我一定有重賞。」張娜說完，隨即迅速將衣服脱光，裸體躺在床，含情脈脈地含笑等我替她按摩。

我先由她上身緩慢往下身按摩，她雙眼微閉好似在享受。當我目視她成熟豐盈修長的裸體，尤其胸前挺直飽滿白嫩的雙峯，更是誘人，我就情不自禁地用舌尖輕柔在她奶頭周圍遊走，每個女人全身都有一處所謂的「敏感帶」，張娜的敏感帶可能是在奶頭部位，所以，我用舌尖遊走時，感到她全身在微微顫動，也就是快感的象徵。

「我的按摩成績如何？」我感覺張娜有舒暢表情，所以故意問她。

「手的按摩技藝不及格。」張娜張開雙目微笑說：「舌的功夫可給一百分。」

「獎賞拿來！」我伸手向著她說。

「獎品全在這裡。」張娜笑著用手指了指自己的裸體說：「你喜歡什麼就自己領取。」

「這怎麼能算是獎品？」我抗議似地說。

「這不算獎品！」張娜故意板起臉，裝著一本正經地說：「不論多少金錢都無法買得到，可說是無價之寶。」

23 李西要給張娜最後的難忘享受

我和張娜都帶著比新婚夫婦還愉快的心情，離開值得今生回味的北投溫泉泡湯，然後在台北搭火車到嘉義車站轉往目的地的阿里山。

「張娜，妳餓了吧！」我看手錶已過中午，特地關心的問：「要不要吃點東西？」

「你這一提。」張娜含笑回答：「我真的感覺有點餓了，我們到餐廳車廂去吃午餐好嗎？」

「妳坐著不必起來。」我即叫火車上的服務人員，買了兩份火車便當送來，順手轉一份給張娜：「妳試試看。」

「這裡面是什麼？」張娜伸手接著不鏽鋼質的圓型便當盒問。

「這是鐵路局為乘客研究設計有名的『鐵路便當』，非常受到大家的喜愛。」

「真的有名好吃？」張娜打開便當盒，看到裡面只有豬排及少許青菜等，有些不信地問。

「妳吃一吃看，就知道答案。」

「真不錯！」她先嚐了一口豬排後說：「如果到美國去開一家台灣鐵路便當店，

保證生意興隆。」

我和張娜在火車上，為了午餐吃鐵路便當，互相討論半天，不覺火車已進嘉義車站。下車之後，即轉搭往阿里山專線特別火車。

張娜坐在這種上山的特別阿里山火車裡，看到火車頭忽然在前，不久，又變得在後，甚覺奇怪，特別問我：「這火車是不是有問題？」

「這火車不會有問題。」我分析說：「阿里山因為是一座高山，由嘉義平地往上行走，鐵路的坡度極大，為了適應此種特殊的鐵道，不但火車頭有特殊動力設備，而且在此鐵路獨立山段，鐵道環繞三週，如螺線盤旋而至山頂，當火車迴旋上山時，在火車上可有三度看到忽左忽右的樟腦車站在乘客腳下，之後，火車以∞字型離開獨立山段。接著，自屏遮那站到第一分道，鐵路成Z字型曲折前進，因此，火車頭時而在前往前拖；時而在後推動火車，以致火車乘客就看到火車頭忽前忽後地有趣現象，故俗稱阿里山。」

「這種奇怪行走的火車，恐怕只有台灣才有吧？」張娜聽完我的解說後，也有興趣地問。

「阿里山鐵路，是日本佔據台灣時代所建造，當時主要是為便利搬運阿里山上的木材。後來，不斷發展，轉變為以客運為主，並逐漸發展為高山觀光鐵路列車。」我接著說：「民國七十三(一九八四)年開始，經中華民國政府不斷革新，有了阿里山號快車，行車時間也縮短為三小時三十分，使乘客上阿里山更舒適便捷。台灣這條登高山的阿里山特殊鐵路，是目前全世界僅存的三條之一，另外兩條是印度的大吉嶺至喜馬拉雅山鐵路，智利至阿根廷的安第斯山鐵路。」

「這種特殊登高山的鐵路。」張娜興趣更濃地追問：「建築施工，恐怕不容易吧？」

「當然是困難重重。」我根據有關資訊繼續說：「這條自嘉義到阿里山登高山的鐵路，目前全長七十一點四公里，由海拔三十公尺的嘉義，一路爬升到二千二百一十六公尺高的阿里山，全程經過四十九個隧道、七十七座橋樑。這些工程進行，當然不是容易的事。」

「不論國內外，大家都知道台灣有個阿里山。」張娜有些困惑地問：「它到底有什麼吸人的地方？」

「因為阿里山是座高山，加上世界少有的蜿蜒爬升特殊鐵路，所以只要提到阿里山，就會使人想到鬱鬱蒼蒼的森林、霞光萬丈的日出、壯闊迷濛的雲海、瑰麗璀璨的晚霞、似乎所有迷人的森林和自然景觀，都可以在阿里山飽覽無遺了。」我介紹似地說：「阿里山吸引人的地方，大致歸納有五奇：特殊登高山鐵路、日出、雲海、晚霞、森林。」

我和張娜到達阿里山，住進觀賞日出附近旅社，以便翌日帶張娜前去看艷麗的日出。

「明天我們要去那裡觀光」。吃晚餐時，張娜迫不及待地問我。

「明天去看日出。」我關心的問：「不過要起得很早，妳起得來嗎？」

「為了迎接太陽。」張娜高興地說：「一定準時起床。」

翌日，我帶張娜到阿里山的祝山觀日樓上，等待太陽出來。當時日出的方向是為秀姑巒山與玉山北峰之間，太陽出來之前，天色緩緩由暗變亮，接著太陽似一個紅火球般自山間由一點而一半到整個圓型升起，光亮亦由弱而強烈變化增強。整個日出後，強烈陽光照射山頭和大地，使山間森林披上金色耀眼光芒的新裝，其艷麗壯觀景象，令人難以忘懷！

接著，我和張娜前往觀光聞名的神木，由於阿里山受到山的高度影響，植物分布呈現熱帶、暖帶、溫帶和寒帶，所以擁有非常豐富的森林資源，其中以檜木原始林最為珍貴，神木就是檜木原始林中選出生長時間最長久的。

後來，我們分別觀賞了變化多端的雲海。也欣賞的艷陽的晚霞。同時發現了樂野、達邦、特富野、里佳等四村，鄒族原住民資源中心設在達邦國小內，有完整鄒族文化介紹，使我們對鄒族原住民生活和文化有了進一步了解。

「張娜，妳累不累？」我真心關懷地問：「今天是我們出來一周的最後一晚，妳早些休息吧！」

「一刻值千金。」張娜有裸睡的習慣，她在床上緊摟著我說：「我怎能休息哩！」

「妳想要做什麼？」說實在的，幾天親熱似夫婦相處，我內心真對她既愛又憐，所以我動情地說：「只要妳想要的，我都願意替妳做。」

「為什麼男女做愛，女的一定要在下面？」張娜突然提出這種奇怪的問題。

「因為女人要懷孕、生小孩，非常辛苦。」我以平常論點解說：「所以做愛時，要男人在上面多辛苦些，使女人在下面多享受一點。」

「你這麼說，不太公平。」張娜抗議似地說：「女人在下面，顯得是男人的玩物。所以，世界上有妓女這個行業，只要男人花錢就可以得到女人，卻沒有女人花錢隨時任意買男人。」

「妳這種話，只合乎古時代。」我不同意地說：「如今不是有牛男出現了嗎？女人有錢就可到牛男店選男人玩。」

「我還沒有聽說有牛男店？」她假裝不知道地說。

「就事論事而言，女人在上面比較舒服享受，因為女人自己明白陰戶內敏感點在何處，她可以任意調整對準下面的陽具摩擦，自然增加快感度。」我接著說：「這種方式，在下面的男人要特別小心，否則在上面享受的女人忘情時，上下動作過猛脫離軌道，而有壓斷下面男人陽具的危險，因此，在下面男的，雙手要扶住女人屁股，隨時導正女人動作，以免脫離正常軌道，造成意外。」

「你分析的情形，有點道理。」張娜聽得似乎有些入神地說。

「妳想不想試一試這個方式？」我想逗她開心，所以含試探口氣問。

張娜沒有回答，卻迅速將裸體壓在我身上，進行女上男下的「肉搏戰」。

因為今夜是她所謂的新婚蜜月最後一夜，我希望能讓她儘情享受，她似乎也感受到這個情勢，所以她在上面忘形動作兇猛，不一會就達到高潮，然後吻了我柔情地說：「謝謝你，給我滿足的快樂！」

「我要讓妳再享受一次高潮！」於是，我在上、她在下，我一邊用舌尖在她雙峯輕柔遊走，一邊輕慢進行「肉搏戰」。過了一會，她全身顫動，雙眼微閉，嘴角露出迷人笑意，我知道她正在享受高潮！

24 張娜向李西索取「愛情利息」

我和張娜在阿里山遊覽和纏綿四天回到高雄，她答應離開台灣回美國，我內心雖有不捨之情，但事實卻無可奈何。我只好銷假上班，如無特別軍務，每天回到高雄家裡與郭雪共進晚餐，然後陪她往愛河旁散步，她肚內的小孩亦正常成長。

「李西！我是張娜。」三天後，張娜突然在電話中說：「我有急事要見你！」

「妳在哪裡？」我問：「妳還沒有回美國？」

「我還在高雄。」張娜說：「我還住在老地方。」

我在左營艦隊司令部吃完午餐，即趕到張娜住的旅社，步入她的房間，她親熱地擁抱我一會說：「有一件事，我要和你商量一下。」

「什麼事？」我說：「妳放心說。」

「我實在不想離開台灣。」張娜深情地說：「因為捨不得和你分開。」

「妳不離開台灣，對妳來說，可能更痛苦。」我無可奈何地說：「事實上，我不可能和妳結成夫妻。」

「我雖然經過三個男人，首先的鄭玉良，開始是喜歡，後來揭穿他的謊言，他並忘情負義弄得我家破人亡，所以對他只有恨。第二個男人美國海軍武官，起初是救我脫離險境，接著利用他成為美國公民，因此，對他沒有愛情，只有感恩回報。最後是你，雖然你代人寫情書騙我，開始我確實恨你，但與你七天親熱相聚，充分顯示你是一個正人君子，難遇的好男人。」張娜真情流露地說：「我這一生交往過三個男人，真正愛的只有一個，那個人就是李西。」

「我非常謝謝妳看重我。」我亦真誠地說：「妳也是一位難見的好女人，可惜我倆相見恨晚，如果妳在我太太郭雪之前出現，我也會愛妳、娶妳！」

「你假若說的是真心話，我倒是有個兩全其美的方法。」張娜認真地說：「這就是我今天約你來當面商量的。」

「妳說說看。」我也有喜悅感覺地說：「只要合情合理，我會接納。」

「我想在高雄創辦一所幼兒英語學校，以我現有的財力是沒有問題，假若成功，我既有正常工作可做，更能為社會盡些服務心力，同時亦有藉口留在台灣。」張娜以懇求口吻似地說：「唯一的要求，你要每星期抽一天屬於我、完全像丈夫陪妻子般地相聚，我可以不要任何名義，只需要實質上的相愛。而且，我曾懷孕被鄭玉良毆打流產後導致一生無法生育，在這方面你又不必耽心，而且，這樣方式又可使我倆永不分離，你說好不好？」

「雖然我們一週只相聚一天，但是紙包不住火，時間一久，外界自然就會知道。」我考慮後說：「就算我太太郭雪可以包容，她的父母，還有她那在地方頗有名望的爺爺，絕對不會諒解的，到時候，我犧牲前途是小事，妳可能在高雄無法立足，而且得不償失！」

「李西，謝謝你，你還是關心我，但是我不怕！」張娜很堅定地說：「只要能和你永遠相聚，任何犧牲我都不在乎，大不了，我們到美國去生活。」

「我們離開台灣到美國去？」我理智似地問：「我是職業軍人，不能說走就走，而且，我太太郭雪及尚未出世的孩子，怎麼辦？」

「我們留一筆錢給她們。」張娜可能情急而未周全考慮地脫口而說。

「妳要我甩開她們跟妳走！」我也脫口似地質問她。

「你不要誤會！」張娜解釋似地說：「只要她願意，也可到美國去和我們相聚一起。」

「她的父母在美國也算是受華僑尊敬的僑領。」我說：「以郭雪的個性，為了顧全她的父母臉面名聲，絕對不會同意的。」

「你看還有其他好方法嗎？」張娜似乎有些失望又焦急地問。

「我認為妳還是回美國最好。」

「難道你不愛我？」

「妳要聽實話？」我猶豫似地說：「妳會失望！」

「我要聽你的真心話！」張娜雙眼看著我，期待似地等我回答。

「我雖然愛妳，但不是純愛。」我誠實地說：「因為我代鄭玉良寫情書，欺騙妳而導致妳家破人亡，我對妳萬分內疚，後來我倆有七天新婚蜜月的情愛，我也產生對妳的愛，可是，這種愛多少含有悔疚回報的成分，不能是純潔的愛情。」

「那你對太太郭雪是怎樣的愛？」張娜不甘心似地問。

「我和郭雪兩人，沒有一絲恩怨或利用成分，雙方只有純粹的互敬互慕情義，所以我兩是由純潔的愛而結合成為夫妻。」我免得張娜受傷，因而故意說：「而且，我愛她在妳之前。」

「假使你太太郭雪自願將你的愛分一些給我，你願意繼續和我在一起嗎？」張娜似乎仍未死心地追問。

「愛情和眼睛一樣，妳的眼睛能容納一粒小砂子嗎？」我說：「郭雪不會分割愛情！」

「我們現在不談這些。」張娜似乎要轉變話題，親熱拉我到床上柔情地說：「今朝有酒今朝醉。」

「醉了會傷身體。」我想降低她激動的熱情說：「天下沒有不散的筵席。現在是白天，做愛恐怕不適宜吧！」

「你代寫情書，導致我家破人亡及我的一生幸福，我僅得到七天假的新婚蜜月愛情。」張娜怨尤似地說：「我再收一點利息你都不肯！」

我無話可說，只好以實際行動代替言語，我倆裸體相抱，進行了一場白天的「肉搏戰」，使張娜獲得滿足的高興，情緒似乎也趨平靜溫柔。

「李西！」張娜大眼睛深情望著我，手緊握著我的手，溫柔地說：「再見！」

「張娜！」我也有些不捨，用手輕柔拍拍她的肩膀說：「不要胡思亂想，多保重！」

25 張娜要愛不成自殺身亡

「你是李副司令？」

「我是。」我問：「有何指教？」

「我們是高雄市立醫院。」打電話的人說：「你太太郭雪受重傷，我們現在急救中，請你趕快來！」

我接到電話通知，隨即由左營趕往高雄市立醫院，走到急診室，護士告訴我，郭雪尚在急救中，要我在急診室門前等候。

「你是李副司令！」一位警官走到我面前，並遞給我一張名片自我介紹說：「我是高雄市警察局的警官，今天上午接到報案，我們趕到你愛河附近的家裡，發現一位少婦受槍傷倒在地上，另外還有一位少婦倒在地上。」

「現在急救中的是我太太郭雪。」我奇怪地問：「還有一位少婦？現在那裡？」

「另一位少婦，經我們警方的初步查驗，以乎是自殺的，送到醫院急救，已無生命跡象。」警官說：「她現在太平間，請你跟我們去看一看好嗎？」

「她是我們的朋友，名叫張娜。」我在太平間仔細審視警方說的另一位少婦後，確定是張娜，所以對警官說：「我實在不明白，她為什麼要到我家自殺？我更不知道我太太為何受傷？」

由於警官在我身旁，我表面冷靜地和警官交談，其實，我看到躺在冰櫃裡的張娜屍體，內心萬分悲傷，這麼一位多情的好女人，卻為了愛情而犧牲了生命，這完全是我害了她，我雖然對她萬分抱歉、內疚，但是，對她又有何補呢！

「根據我們初步調查資料，知道張娜是美國公民，這次到台灣觀光。」警官的話，把沉浸在痛苦中的我拉回現實，警官似乎在暗示些什麼地接著說：「張娜認識不少美國駐台灣的單位官員。」

我也只好沉默以對警官，不過，在我腦海內，卻大聲吶喊道：張娜！妳在人世間受盡了委屈痛苦，如今上了天堂，希望妳好好享受吧！

由於醫師還在急診室救治郭雪，警官無法進去詢問案情，所以先行離去，我則依然在急診室門前不安地踱來踱去，焦急地等待急診室內的訊息！

26 郭雪同情張娜而囑李西厚葬她

翌日清晨，我正在急診室門旁沙發上閉目休息中，護士叫我進急診室，但關照我儘量讓郭雪休養。

「郭雪，發生了什麼事？」我匆促奔到她的病床旁，急切地問：「妳的傷勢怎麼樣？」

「張娜在那裡？」郭雪沒有回答我問的話，卻反而關心張娜的問題。

「張娜已經自殺氣絕了。」我含著悲傷地心情說：「她現放在醫院的太平間。」

「李西，你要好好安葬她。」郭雪似乎以憐憫地口氣叮囑我。

「郭雪，我知道。」我再次急切地追問：「到底是怎麼一回事？」

「昨天上午，有位自稱張娜的少婦到家裡找我，把你和她交往的一切事情都告訴我了。」郭雪在病床上，忍痛繼續緩慢地說：「她說你在峨嵋艦服務時，停泊上海期間，幫忙艦上的一位上士班長代寫情書追她，並謊稱上士是軍官，後來她懷孕又暗准上士開小差脫離軍艦，當上海被中共佔領，該上士為了還賭債，脅迫張娜交出錢財，不肯就毆打而使她流產導致終身不能生育，同時，還向中共告密她和家人要逃往香港，以致張娜的奶奶和父母受不住虐待而先後自盡。」

「郭雪，妳傷勢不輕，休息好了，其他事情以後再說。」我看她臉色慘白又異常痛苦的模樣，不忍心再追問槍傷的過程。

「我的傷不輕，現在不說清楚，以後恐怕沒有機會了。」郭雪堅持忍痛繼續地說：「張娜利用美國武官假結婚到美國取得公民後，就來到台灣，千方百計託人找你這個代寫情書的人，結果，皇天不負苦心人，你們見面了。」

「郭雪，我對不起妳。」郭雪臉上露出苦笑似地說：「你和張娜還做了七天新婚蜜月的短暫恩愛夫妻。」

「我真的不應該瞞妳做這種對妳不忠的事。」我實在有些後悔地說：「郭雪，請妳原諒！」

「做都做了，後悔於事何補。」郭雪認真地說：「張娜確實是位好女人，她是真心誠意的愛你，為了你，她願意不要任何名義，甚至心甘情願將來替我們扶養小孩，因為她今生不能生育。而且，更願拿出資金創辦學校，教育下一代，為國家社會服務，略盡一份心力。」

「張娜對我的好、對我的愛，我十分感動。」我緊握著郭雪的手，動情地說：「可是，我愛的是妳呀！」

「愛我、愛她，現在都不重要。」郭雪說：「張娜昨天找我，主要是要求我讓一點愛給她，因為她這一生受的委屈和痛苦太多了，如今，難得地遇到她真正欣賞愛慕的你，她無法捨棄這個一生難求的機緣。」

「這種要求，不是求人所難嗎？」我似乎在替郭雪抱不平的說。

「我倒佩服張娜為愛爭取的勇氣。」郭雪似乎也喜歡張娜般地說：「我更欣賞她為愛委屈求全的精神。」

「妳答應讓她分享妳所擁有的愛情？」我不解地問。

「我願意無條件把你讓給她，以彌補她因你的矇騙和代寫情書導致所受的委屈和痛苦。」郭雪以讚賞的口氣說：「張娜真是個奇女子，她居然不願破壞我們的家庭，她更希望保全我們婚姻的圓滿，她只企求我只要賞給她一絲愛情，也就是每個星期默許她和你相聚一天，她就滿足了。」

「妳同意張娜的要求？」我以試探的口氣問。

「我對她說，如果真心愛你，我就整個讓給她，我願意無條件退出。」郭雪說：「我向張娜強調，我要的愛，是要完整的，否則，甘心情願割捨。」

「我又不是物品，妳們怎麼可以自作主張地讓來讓去？」我關心地問郭雪：「後來，張娜對妳有沒有不禮貌的舉動？」

「沒有。但是，張娜當時突然從手提包內取出一把手槍，對著自己頭腦說，我如果不同情答應她，她就自殺死在我面前，使我繼續擁有完整的愛。」郭雪接著說：「當時我被嚇得驚慌失措，未加思考地奔向她，想奪下她手上的手槍，因為我有身孕而沒有她的力氣大，兩人在搶奪之間，手槍突然走火，子彈打中我的胸部，我就昏倒在地上。以後的事就不知道了。」

「張娜可能以自殺的方式，博取妳的同情而答應她的要求。」

「不論張娜的自殺是真是假。」郭雪以惋惜的口吻說：「張娜還是死了！」

「不要再說了，整個事情經過，我都明白了。」我真心關懷郭雪的傷勢說：「妳要多休息！」

我離開急診室，找到替郭雪急救的主治醫師，詳細詢問了郭雪槍傷實際的情況。主治醫師分析：郭雪傷的部位在心臟附近，而且子彈還卡在胸部內，必須動手術取出，但是，因為郭雪肚內又懷有小孩，加以受傷時流血不少，所以目前不宜動手術，應該觀察三天後，再視情況決定能否施行手術，現在還是在危險之中。

27 郭雪傷重不治往生

郭雪在醫院觀察三天的最後一天，我在艦隊司令部閱完會報，正準備到醫院探視，卻接到醫務人員電話，說郭雪傷勢有了變化，叫我從速到醫院。

我走進郭雪住的加護病房，主治醫師告訴我，卡在郭雪胸部的子彈影響，導致內部不停出血，已經影響到肚內胎兒，而且又不能動手術，醫師雖設法盡力，但傷口接近心臟，出血難以制止，郭雪已進入病危境界。

我在加護病房門口附近等到翌晨，主治醫師突然叫我進病房，當我靠近郭雪病床，她忽然張開一雙大眼睛，似乎不捨得盯著我，嘴唇微微顫動，好像有話要跟我說。

我以耳朵靠近她的嘴唇，郭雪無力微弱吃力地說：「李西，你要為我好好活下去！」

郭雪撐到中午，終因流血難以制止，導致心臟衰竭而離開人世。

郭雪這樣一位完美的女人，完全是因我代寫情書而牽連她無辜的犧牲生命，無論我如何自責後悔，都無法喚回她的生命，當時，我真想追隨她而也離開人世，但是，想到她臨終前，在我耳邊留給「為我要好好活下去」的最後遺言，為了回報她對我的愛，我決定遵守她最後的叮囑。

我一生真是幸運，能遇到郭雪、張娜兩位亮麗多情的女人，同時她們兩人又真心對我付出了愛，最後，她們倆人為了愛我，又互相自願退讓，為了報答她兩人對我的情愛，更為了使她們兩人在天堂有伴相依，我堅持決定將郭雪、張娜兩人安葬為鄰。

28 李西出家建寺終生懺悔

我將郭雪、張娜兩人，毗鄰安葬在高雄佛光山附近向海的山間後，曾剪下她兩人一小束頭髮，裝在小包內，放在貼身的衣裳口袋裡，時刻不離。因為她兩在世和我初識時，兩人同樣有著烏亮披肩動人長髮，後來親近時常聞到特有的髮香，令我欣賞難忘，所以，我特地剪下留著她兩人頭髮永作紀念，在世放在衣裳口袋內，死後帶進棺材，以示對她兩人的愛，永世不變。

郭雪、張娜往生後，我對世事已萬念俱灰，因此，我特向海軍梁總司令報告，我今後不能勝任軍職，請求諒解我家庭重大的變故，准我離開軍中，總司令有感我受重大家庭事故打擊，精神情緒一時難以恢復正常，因而特准我退役長期調養。

我退役離開海軍後，特地到福隆靈鷲山，請求開山住持心道大師為我剃度皈依佛門修行，並除去俗名李西而改為法號悟明。

經過一年在靈鷲山學習研讀，並與心道大師「閉關」受教佛學，我對佛教有了深入認識，因此，我選擇曾與張娜遊覽過的北投地區，計畫建廟終生修行懺悔！

◇◇◇◇◇◇◇◇◇◇◇◇◇◇◇◇◇◇◇◇◇◇◇◇◇◇◇

李西出家後改名悟明法師接著對作者繼續說：「後來承大作家的協助，陽明山管理局始核准於陽明山泉源路興建完成，該廟就是淨心寺。」

「關於我俗名李西時代，我已儘量從記憶內找回來，並且不分好壞、善惡地詳細追述，我拜託你把它寫出來，並希望你以服務新聞文化界的關係，印書發行，主要目的，期盼讀者大眾深切了解，代寫情書的下場，是害人害己，千萬不要嚐試，並以我代寫情書慘痛的遭遇為殷鑒。」

「悟明大師，這可說是你另一種行善的方式。」作者讚揚表示。

「這種行善方式，是否能獲得社會大眾接受！」悟明法師說：「就要倚仗大作家的生花妙筆。」

尾聲

作者以一個月的時間，依照悟明大師所述說他俗名李西代寫情書的故事，以「海軍艦長—代寫情書的悲歌」為書名而完成，並將初稿送給悟明大師親自審閱。

兩個月後，作者因事忙，也沒有到陽明山上泉源路的淨心寺中探望悟明大師的病情，正在思念之際，悟明大師徒弟妙空卻突然來作者辦公室，告訴作者悟明大師已圓寂了，並交給作者替他寫的「代寫情書」故事初稿，同時附了一封悟明大師生前寫給作者的信。

悟明大師寫給作者遺囑信內容如下—

金宣大作家睿鑒：

首先，我要合掌頂禮向你致謝！

我口說的俗民李西代寫情書的故事，當時因體病而精神不足，以致端出的菜色難上大雅之堂，幸蒙大作家代為加油添醋，始使這盤菜達到秀色可餐，不過，以我這個出家和尚來看，該故事中有關男女之間隱私方面，描寫似乎過於細膩透明，可能導致社會不良觀感。

最後，我要藉此再次呼籲，有學識才能者，千萬不要逞一時之快，代人寫情書，否則，就像李西一樣，遭受到慘痛的下場！

佛號悟明．俗名李西絕筆

國家圖書館出版品預行編目資料

海軍艦長：代寫情書的悲歌 / 蔡金宣 著
-- 初版. -- 臺北市：博客思, 2014.02
面； 公分
ISBN : 978-986-5789-15-2（平裝）
855　　　　102024411

傷痕文學大系 04

海軍艦長：代寫情書的悲歌

作　　者：蔡金宣
編　　輯：張加君
美　　編：林育雯
封面設計：鄭荷婷
出 版 者：博客思出版事業網
發　　行：博客思出版事業網
地　　址：台北市中正區重慶南路1段121號8樓之14
電　　話：(02)2331-1675或(02)2331-1691
傳　　真：(02)2382-6225
E—MAIL：books5w@yahoo.com.tw或books5w@gmail.com
網路書店：http://store.pchome.com.tw/yesbooks/
http://www.5w.com.tw、華文網路書店、三民書局
總 經 銷：成信文化事業股份有限公司
劃撥戶名：蘭臺出版社　帳號：18995335
網路書店：博客來網路書店 http://www.books.com.tw
香港代理：香港聯合零售有限公司
地　　址：香港新界大蒲汀麗路36號中華商務印刷大樓
C&C Building, 36,Ting, Lai, Road, Tai,Po, New,Territories
電　　話：(852)2150-2100　傳真：(852)2356-0735
總 經 銷：廈門外圖集團有限公司
地　　址：廈門市湖裡區悅華路8號4樓
電　　話：86-592-2230177　傳真：86-592-5365089
出版日期：2014年2月 初版
定　　價：新臺幣220元整（平裝）
ISBN：978-986-5789-15-2